LES ROMANS CHOISIS
FAIBLES CŒURS
PAR
HENRY FRICHET
8° Y² 62520 (36)
LES ROMANS CHOISIS
60c
L'OUVRAGE COMPLET

Henry FRICHET

Faibles Cœurs

LIBRAIRIE DES ROMANS CHOISIS
94, Avenue de la République, 94
PARIS

FAIBLES CŒURS

— Une absinthe ! commanda Henri de Lunel, en s'asseyant à la terrasse du *Café Glacier* à Marseille.

Par cette tiède soirée de septembre, d'une douceur presque voluptueuse, « l'heure verte » se prolongeait sur tout le parcours de la Canebière en une interminable flânerie. Impossible d'y échapper : sa tyrannie enjôleuse ayant pour complices le décor, l'ambiance, un besoin de rêverie et de détente dans l'inaction, mais dans l'inaction en commun, et l'approche d'un peu de fraîcheur, un désir de brises, de musiques et de jolies femmes.

La foule allait nonchalante, selon l'habitude de ce Midi doré, où l'on est dehors pour le seul plaisir de vaguer dans l'air alangui avec une féerie de soleil devant les yeux.

Les femmes, les « petites » comme on dit là-bas, en quête d'aventures, jetaient au passage l'œillade attisante. Le « décorez-vous, Mesdames » si pimpant de nos marchandes de fleurs sur le Boulevard, était remplacé par des formules naïves :

— Achetez mon bouquet, dites?..

— Votre dame veut pas des fleurs?..

Au loin la sirène d'un Transatlantique en partance lançait par intervalles son cri d'appel. Coups de sifflet des bateaux, roulement des voitures, clameur des camelots : *Petit Provençal! Petit Marseillais! Soleil du Midi!*.. refrain d'une romance pleureuse. Tout se fondait en un indescriptible brouhaha.

Pour toile de fond à cette si vivante Canebière, un coucher de soleil or et opale s'irradiait au large, cependant que dans l'eau croupissante du vieux port les carcasses de bateaux entassés semblaient mariner dans leur jus. Sur le quai, des matelots en bordée bourlinguaient, chantant, faisant les fous...

— Garçon, je vous ai demandé une absinthe!...

« Où diable irai-je dîner? » s'interrogea Lunel, en inondant d'eau glacée la liqueur amère qui se mua en un lait verdâtre, et tout de suite l'idée lui vint d'un petit restaurant sur le cours Belzunce, où il avait festoyé jadis, avec les camarades, quand il était sous-off... Des souvenirs précis se détachèrent déjà vieux de dix ans.

Dix ans!.. Déjà dix ans! Les années si longues parce que si lourdes à vivre, comme elles paraissent courtes quand on les additionne!!!! Engagé volontaire au 1ᵉʳ hussards, le lendemain du bachot, libéré comme marchef, il n'avait pas voulu rengager bien qu'il eût pu aisément arriver à Saumur, mais l'indépendance un peu farouche de son caractère ne s'accommodait ni de la servitude militaire, ni d'aucune servitude.

Aujourd'hui il regrettait. Beaucoup de ses camarades étaient lieutenants, quelques-uns déjà capitaines; pour ceux-là du moins, c'était la vie facilement honorable, le pain assuré jusqu'à la fin, tandis que lui? Journaliste? — A quoi eût-il été bon, d'ailleurs?

Après certains succès de province, il était accouru à Paris comme tant d'autres, rêvant aussi sa petite part de gloire, et il avait vécu tout juste et si mal! Il se remémorait

tant de déboires successifs! ses attentes fiévreuses dans les
bureaux de rédaction. Les difficultés démoralisantes pour arriver à caser quelques lignes de copie. Enfin, son premier
roman et aussitôt déchaînées, encore qu'hypocrites, les ja-
lousies des camarades, lorsqu'il eut obtenu, non pas le succès, mais cette demi-notoriété qu'on finit par se faire à la
longue, péniblement, à force de persévérance, lorsque votre
nom enfin connu chez les éditeurs est devenu chose com-
merciale !

Paris ne l'attirait plus; non certes!

Encore une fois, il fallait être pris dans le terrible engre-
nage qui broie tout... cœur, cerveau, conscience même! Comme il eût aimé revivre au grand soleil, dans une de ces îles
d'or du littoral! Las du même paysage, il serait parti pour
des pays féeriques... Il aurait visité les Indes, tout l'Orient.
Un projet plus facile et qu'il caressait déjà, était d'aller
s'installer dans un petit village sur les bords de la mer. Folie! peut-on combattre loin du champ de bataille! Il prenait
demain l'express pour Paris.

Tout à coup :

— Té! Bonjour!

— Marius Tessier!

Et ce fut aussitôt une avalanche de reproches à l'adresse
de Lunel pour n'être pas descendu chez lui; des protestations
d'amitié, des évocations de souvenirs d'une exubérance mé-
ridionale.

Employé comme sous-officier au peloton des conditionnels,
Henri avait eu maintes fois l'occasion d'être utile à Marius
Tessier. De là leur liaison.

Tessier, fils d'un riche armateur et fils unique, n'avait
qu'à se laisser vivre. C'était un garçon très brun, très rond,
et qui aimait trop la vie pour ne pas être gâté par elle;
d'ailleurs juste assez intelligent pour ne pas faire l'effet d'un
sot, il profitait largement de tous les avantages d'une grosse
santé et d'une fortune énorme.

Lunel, qui, au fond, le dédaignait affectueusement, s'était
cependant laissé entraîner à la terrasse d'un autre café, tandis que l'autre écrivait deux mots à sa femme pour la pré-
venir qu'elle aurait, ce soir, à dîner un excellent ami, le
comte de Lunel.

Puis, Tessier raconta son mariage, une jeune fille charmante, une dot superbe — et orpheline, mon cher! Il bavardait, bavardait!...

Quel raseur! pensait Lunel tout étourdi par ce verbe inta-
rissable.

Tessier habitait une maison cossue, cours du Chapitre. Sa
jeune femme les attendait au salon.

— Ma Jeanne, je te présente mon excellent ami, le comte
de Lunel, mon marchef au 1er houzards!

Mme Tessier tendit tout de suite les deux mains. Elle
n'avait pas l'air d'une femme, mais d'une jeune fille très
douce, fort bien élevée; elle plut immédiatement à Lunel.

Le dîner fut gai et bon; il régnait dans l'intérieur de ce
jeune ménage un tel confort; c'était une paix si heureuse
que les meubles mêmes semblaient rayonner de bonheur. Et
comme Lunel annonçait ses projets de départ pour le lendemain, Tessier, résolu, s'écria :

— Je ne veux absolument point que tu nous quittes avant
huit jours, tu m'entends? Puisque maintenant tu gagnes ta
vie en noircissant du papier, je vais t'offrir le régal d'une
battue aux macreuses sur l'étang de Berre... fameux sujet
pour une chronique! Tu verras là tous les Tartarins de Marseille, auprès de ceux-là, mon cher, le grand homme de Ta-
rascon n'est qu'une mazette.

Mme Tessier ajouta :

— Demain, nous attendons ma tante, Mme Dherville, qui
revient d'Algérie; je serai ravie de vous présenter; elle ha-

ble Paris, une partie de l'année et ses relations sont fort
brillantes.

Lunel n'avait pas pour habitude de se laisser influencer
dans ses résolutions quand il n'y voyait pas un intérêt bien
défini, mais, cette fois, il résista un peu d'abord, par politesse, puis, gentiment, promit de rester. On l'acclama. Les
Tessier se félicitaient de l'avoir décidé.

Il était tard et comme Marius l'accompagnait jusqu'à sa
chambre :

— Tu sais, mon vieux, ma femme a eu une riche idée d'insister pour te faire rester près de nous. Tu vas faire demain
la connaissance d'une veuve ravissante, ra-vis-sante!... Si je
n'étais pas le mari de ma femme, je ne te dis que ça... Bonsoir!

Les deux amis se serrèrent la main. Lunel, fatigué, se
coucha, dormit tôt et longuement.

II

Le Kléber filait treize nœuds. C'était une de ces traversées
délicieuses des beaux mois d'août et de septembre. Il n'y
avait point de vagues, quelques flots seulement monton-
naient.

L'heure? Minuit ou une heure du matin. On entendait le
ronflement monotone de l'hélice et la voix de quelques
joueurs enragés qui, dans le salon, poursuivaient une interminable partie de baccara.

Sur la passerelle, se découpait la silhouette de l'officier de
quart; sur le pont, le capitaine, le père Langlais, faisait les
cent pas en fumant sa pipe; tout à l'arrière, une jeune
femme était assise, enveloppée d'un plaid.

Le vieux marin venait de s'arrêter en la regardant avec
tristesse; puis au bout d'un instant :

— Un conseil, chère madame, dit-il. Allez dormir, ça vous
ira mieux.

Elle secoua la tête, une tête fine et mélancolique où sur
le front, au milieu d'une boucle de cheveux châtains, une
mèche s'argentait. Elle agita une seconde fois la tête pour
dire non, et de la main elle invita le capitaine à s'asseoir
à côté d'elle.

Il murmura :

— Pauvre madame Dherville !... et Mlle Micheline? allez-
vous enfin la retirer du couvent? Gardez-la près de vous jusqu'au jour où vous aurez trouvé pour elle un bon mari ! Mais
vous, croyez-moi, ne restez pas seule. Si la solitude est dure
pour un homme, pour une femme jeune elle est effroyable !—

Au bout d'un instant il reprit :

— Ce bon Dherville était mon ami, je puis dire mon seul
ami, et lorsque vous avez été veuve, ma foi, j'avais perdu
l'être que j'aimais le plus au monde.

Comme elle se taisait toujours :

— Mais à quoi bon prendre tout au sérieux ! fit-il avec un sourire navré. Nous ne sommes rien... rien !

Et d'un geste large, il montrait la mer.

— La douleur est vraie, pourtant ! murmura la passagère.

Alors le capitaine grommela :

— Je n'ai plus ni famille, ni enfant; bientôt je n'aurai
même plus mon bateau puisque la Compagnie me fendra l'o-
reille pour mes étrennes et ça n'est pas drôle, allez, pour un
vieux mathurin comme moi d'y renoncer. Je suis déjà d'ennui
rien que d'y penser !... Tenez ! Je vais me coucher, bonsoir !
Vous devriez en faire autant.

[...] et de douceur à veiller dans [...] tristesse.

Jamais Mme Dherville n'avait tant souffert. Il est des heures [...] infinies, et c'est surtout quand on songe combien elles auraient été charmantes, ces heures vécues avec celui qui n'est plus, qui ne sera plus jamais, que la solitude se creuse davantage, que le vide se fait profond jusqu'à donner le vertige...

N'avoir rien à aimer ! n'être pas aimée ! Alors pourquoi vivre ? Tout son être se révoltait en un désir impuissant de tendresses.

. . . .

Une nuit pleine d'astres. Sur les flancs et dans le sillage du bateau, une Méditerranée secouant ses perles phosphorescentes...

La passion du souvenir envahissait l'âme de Mme Dherville : passion douloureuse entre toutes parce que l'effort est impuissant, parce qu'on ne peut arriver à combler les trous si vite et si lamentablement creusés en la mémoire. Bientôt l'image évoquée s'émousse, se déforme sous la pression de la volonté trop tendue ; la vision n'est plus au point, et c'est une torture ajoutée à tant d'autres, la torture suprême !

Cependant la voix du bien-aimé était restée si nette en son oreille qu'elle croyait parfois l'entendre encore. Elle avait des câlineries exquises, sa voix grave au timbre sonore et musical, et Marielle — ce nom d'origine italienne qu'on lui avait donné, elle ne savait pourquoi — avait un charme presque sensuel prononcé par Lui. Un instant, elle eut l'illusion d'un de ces voluptueux appels d'autrefois, elle se retourna. Mais non ! c'était seulement le clapotis d'une petite vague, un frisson de l'eau dans la nuit.

Certes elle adorait sa fille, mais elle se reconnaissait franchement plus amante que mère. D'ailleurs cette fille était, son por[...] au physique et au moral [...] ne lui rappelait rien de Lui.

Tout à coup elle s'aperçut qu'elle était seule sur le pont. Alors sa pauvre petite âme, perdue entre les deux infinis du ciel et de la mer sous les ténèbres, fut traversée par le sentiment aigu des effroyables fragilités humaines... Qu'importent les joies et la douleur ? Qu'importe ceci ou cela, puisque rien ne persiste !... Tout finit et recommence ?

Elle pensa à l'oubli dont on parlait sans cesse comme d'une chose naturelle et bonne, elle se souvint aussi du mouvement d'indignation que son confesseur avait murmuré [...] est-il donc vrai qu'on oublie ? est-il possible que l'on puisse se résigner et que rien ne résiste à la vie ?...

— Non, non ! fit-elle avec un tremblement de joie. Il n'y a pas d'oubli. Tout ce qui a été, comme tout ce qui sera, possède bien un caractère indestructible.

La pensée de sa fille lui traversa de nouveau l'esprit. Mais c'est sa mère qu'elle aurait voulu près d'elle pour la consoler, sa mère qui aurait bercé sa douleur avec les mots câlins d'autrefois... Sa mère était morte !... Alors elle ferma les yeux comme pour mieux voir en son cœur les êtres chéris qui dormaient là pour toujours...

Elle songea :

— J'ai trente-six ans aujourd'hui et je serai vieille bientôt !...

Comme elle eût souhaité cette foi ardente qui soulève les montagnes ! Mais devant les horribles cruautés de la vie, devant le silence des morts qui sont des faits, que peuvent les promesses des philosophes et des prêtres ?...

Elle leva les yeux, ses grands yeux de fièvre dévastés. Des mondes étincelants roulaient dans l'infini avec une clarté

une intensité qui apportaient la sensation d'une vie lointaine,
cachée et pleine peut-être d'accablantes passions.

N'était-ce pas toujours, partout le triomphe du mal et de
la douleur ?...

Une étoile filante traversa le ciel; une autre étoile là-bas
au milieu d'une grosse tache sombre, était si abandonnée
qu'elle paraissait la plus triste de toutes. Bientôt le vent fris-
sonna plus fort, un léger grain s'éleva. Elle s'aperçut qu'elle
pleurait; des larmes, encore des larmes coulèrent, silencieuses

— J'ai trente-six ans aujourd'hui, et je serai vieille bientôt
(page 6).

et brûlantes. L'une d'elles s'écrasa, comme une goutte de pluie,
sur la bague à l'intérieur de laquelle Dherville avait fait gra-
ver cette devise du roi Charles IX : *Hors cet annel n'ai
d'amour.* »

Elle rougit, se rappelant... Alors, comme une pauvre petite
fille, elle joignit les mains sur son manteau, ne sachant à qui
confier sa détresse...

. . . .

Le vent s'était levé tout à fait, il faisait presque froid.
Chancelante, elle regagna sa cabine, et s'endormit à la
pointe du jour.

Quand Mme Dherville s'éveilla, de blonds rayons traversant
le hublot éclairaient sa couchette; bientôt toute sa cabine en
fut inondée.

Elle prit son bain, s'habilla lentement.

— Bientôt, songea-t-elle, il va falloir parler. J'entendrai
parler et rire, je rirai moi-même, je me mêlerai au bruit de
la vie.

Une heure plus tard, le *Kléber* stoppait au port de la Jo-
liette.

Jeanne sautait au cou de sa tante chérie.

— Bonjour ! Quelle joie !

Tessier l'embrassait bruyamment.

Après les fastidieuses formalités de la douane, le temps de
chercher les bagages, hop ! on filait déjà en voiture décou-
verte, le long de la Canebière ensoleillée.

Au milieu des effusions comme on arrivait, Tessier dit :

— Ma tante, je vais vous présenter le comte de Lunel. Il
est à la maison.

— Henri de Lunel, le romancier ?

— Vous connaissez mon ami ?

— Oh ! je l'ai lu seulement; le *Caprice de Marthe* est fort
bien.

Elle se méfiait. Des auteurs dont elle avait lu les œuvres
avec enthousiasme, beaucoup s'étaient trouvés lourds ensuite à
ses yeux, communs ou mal élevés, tous d'une prétention
exaspérante. Elle fut donc agréablement surprise de juger
Lunel un parfait gentilhomme, digne de remarque,
l'homme qui parut aussitôt à la main.

Ils causèrent de Paris, où l'on dit beaucoup de mal et beaucoup de bien.

Après le déjeuner, tour réglementaire du Prado et de la Cor-
niche.

Mme Dherville se souvenait, s'évadait en une molle rêverie;
son mari avait aimé passionnément ce merveilleux décor provençal. A l'époque de leur mariage, à chacun des congés passés en France avec arrêt à Marseille, ils avaient fait ensemble
cette promenade classique. Aujourd'hui elle était seule.

Pourtant elle se reprit, se mêla de nouveau à la conversation, raconta des choses intéressantes sur l'Algérie, fit causer
Lunel sur ses romans, flatta Tessier en lui parlant de sa fortune et de sa santé, caressa du geste, sourit du cœur. Mme
Dherville avait tout cela, elle était bonne encore plus que gracieuse.

— Si demain nous allions aux Martigues ? proposa Tessier.

L'idée fut acceptée.

En arrivant à la station du Pas-des-Lanciers, où l'on change
de train, ils profitèrent du long arrêt pour flâner à travers
champs au milieu de la campagne poudreuse. Çà et là de mai-
gres oliviers, des pins maritimes, des pins parasols tordaient
leurs branches brûlées sur l'aridité des collines et dans l'air
flottait cette odeur de thym et de lavande dont la Provence
est tout imprégnée. Après avoir dépassé Marignane où, sur
la place, se dresse le château de la Riquetti, qui vit naître
Mirabeau, la ligne suit, pour le longer jusqu'aux Martigues,
l'étang de Berre, véritable mer intérieure dont l'immense nappe
bleue s'étale au milieu d'un décor éblouissant d'arbres et de
rochers aux couleurs violentes.

Toujours un air de fête, les Martigues, où chaque maison
sa dentelle entre les transparences des deux azurs : l'eau et
le ciel. Ainsi cette petite Venise provençale qui se mire
comme une coquette dans l'étang et les eaux mortes des

cité de Port-de-Bouc a-t-elle été justement dénommée le
« Paradis des Peintres ».

Le long des quais, les pêcheurs amarraient leurs tartanes,
et comme midi allait bientôt sonner à l'horloge de la ville,
les pensionnaires habituels de l'hôtel du « Gourusse » flâ-
naient en attendant l'heure du déjeuner.

Lunel, critique d'art à ses heures, fut entouré, ce qui flatta
Tessier, superlativement bourgeois.

Après le déjeuner, la chaleur devint accablante; impossible
de songer à une partie de bateau. L'air brûlant s'immobilisait,
l'étang s'étendait comme une immense tache indigo et, sur la
place, on n'entendait que le bruit assourdissant des cigales
qui crécellaient.

Dans ces pays aimés du soleil, le farniente est d'un charme
intense. Il fallait aviser, chercher un peu de fraîcheur.

Après avoir traversé le quartier des Ferrières, sous la conduite de Mme Dherville qui connaissait bien le pays, ils s'en-
foncèrent dans un sentier en bordure d'un champ d'immortelles. La chaleur, depuis le matin, avait longuement distillé
l'âcre odeur de toutes ces touffes, dont les fleurs jaunes brûlaient, rôtissaient sur leurs tiges d'argent verdi. C'était comme
un vaste champ de couronnes funéraires; quel deuil inconnu
en aurait jonché ce sol sablonneux ? Le souffle lourd qui bras-
sait dans l'air ces parfums de cimetière suivit les touristes jusqu'au bout, imprégnant la nuque des femmes, leur voile et
leur chevelure, de manière qu'il fallut en emporter avec elles,
peut-être pour se rappeler, le soir, quand elles se dévêtiraient
et se décoifferaient, l'autre lit et ceux qui nous y attendent cou-
chés les premiers...

C'est ce que Marielle Dherville ne put s'empêcher de mur-
murer pour son compagnon, le romancier parisien. Mais celui-
ci s'était penché, avait cueilli quelques immortelles, voulant en
respirer de plus près la subtile amertume. Aussitôt, coupant
court à ce soliloque de pauvre âme en abandon, elle lui avait
arraché les fleurs et s'écriait :

— Il ne faut jamais en cueillir, jamais ! cela porte
malheur ! Laissez-les où elles sont. Vous ne savez donc pas ?

— Superstitieuse ? interrogea-t-il.

— Vous me trouvez stupide ?

— Non, mais injuste en vous laissant influencer trop facilement par l'opinion populaire. Ce sont des fleurs tout à fait
exquises, les immortelles ; leur sécheresse même qui les con-
serve à l'infini, n'est-ce point un endurcissement de bonté, si
l'on peut dire, de constance et de résignation à vivre et à sur-
vivre pour embaumer tout ce qui est en nous, autour de
nous...

Un peu tard, il s'aperçut qu'il parlait à faux et ne pouvait
que déplaire à sa compagne ou l'assombrir. Son revirement fut
instantané :

— Ah ! ah ! jeta-t-il en éclats de rire. Dieu me pardonne,
je vous fais de la littérature !... Ce que c'est que l'habitude !
Avez-vous vu ?...

En même temps, il hâta le pas, afin d'arriver plus vite au
bout du champ.

Cependant, ses paroles sonnaient discordantes à ses propres
oreilles comme à celles de la jeune veuve, et la mortuaire odeur
les suivait...

Leur vie, à présent, leur en semblait remplie, amoureuse-
ment, lugubrement parfumée.

Puis, presque aussitôt la nuit verte des plus maritimes les
enveloppa. Assises à l'ombre d'un rocher, les femmes jasaient
à mi-voix. Les deux amis qui avaient allumé un cigare, éво-
quaient de plaisantes histoires de régiment. Une lumière torride tombait d'aplomb sur l'étang qui luisait comme du métal
en fusion, et sous les pittimers argentés et les arbres résineux

durant l'auteur, la sensation d'isolement devant ce décor
que le silence n'était plus l'absence d'un bruit, mais quelque
chose, au contraire, d'extraordinairement vivant.

Néanmoins, par instants, une sourdine exhalaison de travail,
en chuchant parmi les aromates des pins, les histoires mou-
vantes des plaines d'azur, et s'élevant jusque-là, les promeneurs
l'ont, et Marseille, la reconnaissaient bien, ils n'avaient garde
d'en parler. Dès lors, les propos insignifiants de Martus eurent
toute leur attention.

— Hein ! il fait bon ici, disait Tessier. Quelle chose idéale,
de rien faire. Les Napolitains qui passent leur temps la tête à
l'ombre et le ventre au soleil, lestés de deux sous de maca-
roni, me paraissent fort bien comprendre l'existence.

— En effet, quand on a comme toi cent mille livres de
rente.

— La vie est gentille pour tout le monde quand on sait
s'y prendre.

— Vous dites ? fit Mme Dherville qui avait surpris la dernière phrase de Tessier.

— Que la vie est une bonne chose, simplement.

— Ah !

— Mais oui ! Voyons, ne suis-je pas un homme parfaitement heureux, moi ?

Il partit d'un gros rire.

Et comme de cette joie Mme Dherville avait paru attristée,
Tessier eut cette phrase égoïste, cruelle et stupide :

— On ne vit pas avec les morts !

— C'est vrai, dit la jeune femme, on ne vit pas avec les
morts... malheureusement.

Elle regarda Tessier en face, puis se cacha la tête dans les
mains.

La journée était gâtée.

Tessier, voulant alors racheter sa maladresse, eut des mots
malheureux. Lunel, observateur aigu, songeait :

— Elle a le regret chevillé. Une douleur de cet acabit doit
être lourde à porter pour une femme seule.

Il se montra alors plus empressé pour la jeune veuve, et,
e soir, il trouva moyen de lui glisser :

— Moi aussi je connais des désespoirs que la bêtise humaine
ne jamais consolés !

IV

Mme Dherville, retenue à Marseille par la liquidation de
quelques affaires, y prolongea son séjour.

Ainsi qu'il l'avait appréhendé, Lunel en rentrant à Paris s'en-
nuya.

Or, voici qu'un matin, il reçut une lettre de Mme Dherville. Elle annonçait son retour et fort aimablement, l'invi-
tait à l'aller voir. Tout de suite, la physionomie fine et do-
lente de la jolie veuve emplit sa pensée et, oublieux par hasard des gros capitaux dont il la savait ornée, il l'idéalisait.
Un coin de son cœur, ou de son imagination, toujours prêt à
l'emballement, était resté extraordinairement potache. Il le
constata, mais il se savait aussi très sceptique, et tandis que,
devant une glace, il relevait avec un petit peigne d'écaille,
les extrémités de sa moustache moqueuse, il ne put s'empêcher d'adresser un sourire satisfait à l'image de sa flambante
jeunesse.

Lunel, qui s'attendait à rencontrer beaucoup de monde, au
moins des parents, ou des intimes chez Mme Dherville, la
trouva seule, et en fut agréablement surpris. Très gracieuse-
ment, constamment même, elle lui donna la main.

On était en hiver. Dans la cheminée en marbre blanc où

des amours dansaient une farandole, les flammes léchaient les bûches, allumaient l'or des boiseries, rajeunissaient les tons passés des tapisseries anciennes.

Et partout des fleurs : sur un angle du grand *Pleyel* se mourait une gerbe de lilas blanc. Par intervalles, des pétales se détachaient, glissaient comme des larmes.

Lunel regarda la pâleur de Mme Dherville.

— Vous aimez les fleurs, Madame?

— A la folie. Elles sont ce que nous sommes, elles symbolisent la vie qui se fane, nos pensées fugitives. Elles s'épanouissent un jour et meurent.

— Ce sont des amies charmantes et sans méchanceté.

Il y eut un coup de sonnette.

— Ma fille! fit Mme Dherville, rose de plaisir; tous les samedis soir, elle arrive à cette heure.

Alors en coup de vent, une grande fille de dix-sept ans se précipita au cou de sa maman. Très fine, adorablement jolie, bien prise dans une robe gris perle ceinturée de moire blanche, soulignant la minceur de sa taille, elle apparut ressemblant étrangement à la mère. Elle avait aussi le coin de l'œil troussé haut vers la tempe, le nez mince, les narines fort ouvertes, la bouche humide et sensuelle, une petite raie à la lèvre inférieure, et déjà un duvet presque imperceptible aux commissures. Sa beauté païenne de femme-enfant avait une âcreté de fruit vert.

Micheline jetait à la volée des baisers sur le front, les joues, sur les yeux de sa mère, sans souci apparent du visiteur. Elle salua enfin d'une inclination de tête rapide et un peu gauche, quand Mme Dherville fit la présentation sommaire :

— Un ami de ta cousine Jeanne, un ami à nous.

Elle répéta son salut, mais le fit plus cérémonieux et, curieuse, s'assit.

— Tu as l'air de bien belle humeur, mignonne?

— Pense donc! une grande soirée et tout un dimanche à passer avec toi!

Mme Dherville la regarda avec une immense tendresse.

— Aux vacances prochaines, poursuivit Micheline, nous ne nous quitterons plus, on vivra toutes deux aux Zardézas. Tu monteras encore à cheval, n'est-ce pas, petite mère?

— Ne dis pas de folies, mon enfant, je n'ai plus l'âge de tout cela.

— Vous aimez le cheval, Mademoiselle? dit Lunel avec intérêt. Tous mes compliments.

— Si je l'aime! Encore plus que ma bicyclette. Et vous, Monsieur? en quels termes êtes-vous avec la plus noble conquête de l'homme?

— Mon Dieu, Mademoiselle, comme peut l'être un ex-sousofficier de hussards.

Une nuance d'admiration éclaira le visage de Micheline. Lunel avait conquis les sympathies de la jeune fille.

Il se leva, prit congé, ne voulant pas prolonger sa visite et gêner peut-être des confidences.

En s'inclinant, il enveloppa d'un regard respectueux et admiratif Mme Dherville qui lui fit promettre de venir dîner le mardi suivant.

Quand il fut parti :

— C'est un monsieur très bien, n'est-ce pas, maman? dit Micheline.

Lunel, une fois dehors, se sentit tout joyeux. Il se mit à siffloter un petit air de chasse, alluma un cigare et lançant une première bouffée odorante, pensa : Cette femme est charmante. Nous n'avons échangé que des banalités; cependant je suis certain de ne pas lui être indifférent. Pourquoi? Serait-il vrai qu'il existe des lois mystérieuses d'affinités? des rayonnements inconnus, des sympathies inexplicables?

Cette rencontre sur sa route l'amusait à la fois et l'intri-

lui qui avait traité cette femme de superstitieuse, lui, dans le
jour qu'ils longeaient un champ d'immortelles là-bas, dans le
jour... A Midi il ne pouvait se défendre à son tour d'une supersti-
tion. Non, rien ne se produisait en vain, à son avis, dans le
monde, et le plus petit fait, non seulement était susceptible
d'avoir un retentissement considérable, mais appartenait à
tout un ensemble de desseins, dont nous dépendons sans en
découvrir la plupart du temps les rapports.

Quel rôle allait donc jouer dans une existence comme la
sienne la parente de Teissier?

L'heure de l'apéritif sur la Canebière lui apparut, l'air
tiède et ses langueurs, la poussière de soleil rose, les pas-
sants, les rumeurs et les cris. Un destin conduisait-il alors
Marius Teissier vers sa table de café?

Mais il ne faut pas ratiociner tant que ça avec les faits.
C'est bon dans les livres, où on leur prête une âme; et justement parce qu'il écrivait des livres, ses préférences person-
nelles le ramenèrent à des considérations plus positives.

— Enfin, conclut-il, voilà une maison où je serai toujours
le bienvenu. Il y fait bon, il y fait chaud, la cuisine doit y
être excellente!

V

Une pluie fine tombait, serrée, presque invisible.

Lunel descendait le boulevard Haussmann mal éclairé et
vide, mais en arrivant place de la Madeleine, il lui sembla
pénétrer dans un bain de clarté. Fiacres, omnibus, roulaient
rapides et sourds sur le pavé de bois; les femmes marchaient
d'un pas nerveux, les jupes relevées d'un geste savant.

Allant droit devant lui, au hasard, l'esprit gris, il re-
voyait Mme Dherville et sa fille toutes deux enveloppées
comme d'un nimbe d'honnêteté discrète et de distinction suprême; Micheline y ajoutait une pointe d'espièglerie gentille.

En passant devant un grand restaurant du Boulevard, il
eut l'idée de s'offrir un dîner fin, et de rêver à son aise, en
se traitant comme le meilleur de ses amis. Il commanda
donc le filet de sole classique, un perdreau truffé avec une
respectable bouteille de Saint-Estèphe. Dans la salle du rez-
de-chaussée, ruisselante de lumière, la fine fleur de la province noceuse et des rastaquouères des deux sexes semblaient, ce jour-là, s'être donné rendez-vous. Des demis et
des quarts de mondaines aux cheveux outrageusement oxygé-
nés, déjà chevronnées pour la plupart, mangeaient, caque-
taient, prenaient des poses. Elles avaient des toilettes tapa-
geuses éclairées de bijoux effrontés; la vue des filles amusait
étonnamment Lunel.

A peine installé, on lui frappa sur l'épaule; il se retourna,
reconnut son ami Pontal.

— Je t'ai vu entrer là, mon cher, et si je ne suis pas de
trop, je veux dire si tu n'attends personne, je m'assois en
face de toi et je m'invite. On s'ennuie moins à deux, et quand
je suis seul, moi, je suis, il me semble, en assez triste compagnie... Peste! du Saint-Estèphe? tu te soignes!

Le docteur Pontal était un pays, un ami d'enfance et de
collège. Jamais ils ne s'étaient perdus de vue.

Le docteur n'exerçait pas. Ses parents, morts l'année même
où il avait passé sa thèse, lui avaient laissé quelques bonnes
mille livres de rentes. Dès lors, il résolut de vivre à sa guise
et de s'occuper de peinture; la vérité, c'est qu'il ne s'occupait
de rien. Au demeurant, excellent garçon, fort intelligent,
mais ayant une invincible horreur de la lutte, quelle qu'elle
fût, non sans doute par manque d'énergie, mais parce qu'il
trouvait que la vie était une chose à user simplement, avec un

minimum d'efforts. En vertu de la loi des contrastes, il pro-
fessait une réelle admiration pour son ami, lequel arrivé à
Paris sans un sou, sans recommandation, avait su se tirer
d'affaires en très peu de temps. Ils étaient aussi liés par la
multitude des souvenirs communs, et bien que leurs façons
de sentir et de juger fussent diffé ⋅ ⋅. Lunel avait une

— *Le bougre ! (page 31)*

grande estime pour ce garçon si bon, si loyal, un peu mysté-
rieux, toujours triste et qui ne laissait jamais échapper une
occasion de lui prouver son dévouement. :

— Eh bien ? Tes bouquins ?

— Ça va...

— Très bien ! les journaux ont parlé de ton dernier d'une
façon très flatteuse. Te voilà lancé, marie-toi !

Et comme Lunel le regardait en riant, il reprit :

— Oh ! moi, je ne compte pas, c'est entendu. Si l'humanité

pensait à ma façon, on ne ferait plus d'enfants. Au moins on ne ferait plus exprès d'en faire, je parle donc pour toi uniquement. Tu as trente-deux ans, tu commences à être connu, tu plais aux femmes, c'est le moment, mon vieux, marie-toi.

Le romancier ne riposta par aucune plaisanterie. Il répondit avec l'accent sérieux :

— Je ne me marierai que si je suis amoureux pour tout de bon. Or, pour le moment, j'ai le cœur très calme. Toutes les semaines je m'offre un petit mariage d'inclination, de préférence le vendredi : *dies Veneris*. Ensuite je n'y pense plus... Mais, voyons, que dirais-tu si j'épousais une veuve? une veuve de mon âge... un peu plus âgée peut-être, mais très désirable encore?

— N'épousez jamais une veuve. Si quelque chose doit être neuf, c'est la femme que l'on prend. Épouse aussi jeune que tu pourras.

— C'est ton avis?

— Tout à fait.

Au sortir du restaurant, ils revinrent vaguer sur le Boulevard. La pluie avait subitement cessé.

Les deux amis se taisaient, chacun suivant le cours de sa pensée. La pensée de Lunel, celle d'un nerveux sanguin, était heureuse. Pontal, bilieux, s'ennuyait à force.

— Demain, dit Lunel, je ne sors pas de chez moi. Dès le réveil je me mets à la besogne.

— Comment te réveilles-tu, toi?

— Comme tout le monde, je présume. J'aime me lever de bonne heure, je suis du matin, et quand il fait soleil, me voilà content pour toute la journée. Je chante toujours en mettant mes chaussettes.

— Tu as de la chance, toi! Oh! tu as de la chance! Tu ne t'es donc jamais réveillé avec cette idée que ce que tu as fait la veille, tu vas le recommencer aujourd'hui, et que ce sera toujours la même chose jusqu'à l'heure de la décrépitude et du gâtisme?

— Non, je ne songe jamais à tout cela. L'existence n'est pas toujours follement gaie, j'en conviens, mais si je ne crois pas au bonheur, je sais du moins que presque chaque jour nous tient en réserve une multitude de petites joies que je déguste en gourmet, voilà.

Pontal répéta :

— Tu as de la chance! Il est vrai que moi, je souffre de l'estomac, et c'est tout dire... Ils sont loin mes réveils gais. Peut-être les meilleurs sont-ils ceux de ma petite enfance, alors que l'on me permettait, quand j'avais été bien sage, de faire dodo dans le grand lit de maman... Puis mes réveils au collège dans le dortoir fétide! Pas gais non plus mes réveils à la chambrée, au régiment... Ensuite, étudiant, j'ai eu une petite amie, je me réveillais dans ses bras, sa tête sur mon épaule, son front presque sous mes lèvres, elle était douce et gentille, mais menteuse comme un démon. Maintenant, je me réveille seul, toujours seul, d'ailleurs on est toujours seul. On rêve seul, on souffre seul, on meurt seul, on habite seul la chambrette aux six planches. Tu n'as pas peur d'être seul, toi?

— Fichtre, mon cher, il n'est pas précisément gai le défilé de tes pensées!... Mais dis-moi franchement : toutes ces choses-là t'inquiètent? Moi je m'en moque!

— Tu y viendras, mon vieux. Tôt ou tard, on est pincé!

Ils se promenèrent encore quelques minutes sur le Boulevard, mais Lunel distrait et, du reste, fort indifférent aux opinions pessimistes exprimées par Pontal, fumait avec une jouissance délicate un cigare fin. Il faisait chaud dans la fourrure de sa pelisse. Oui, la vie était bonne...

Lunel demeurait dans la rue Saint-Lazare. Quand ils furent devant sa porte, les deux amis se séparèrent.

— Oui! Bon garçon, Pontel, mais Dieu qu'il est rasant! Comme je m'en fiche, moi, du mystère de la destinée.

— Et toi, Paulette, est-ce que tu t'en fiches du mystère de la destinée? demanda-t-il en entrant dans sa chambre souriante et gaie.

Une petite femme, dont les frisons blonds s'ébouriffaient sur l'oreiller de dentelle (c'était un vendredi), s'étira longuement et prononça d'une voix engourdie :

— Tu es un peu paf, mon chéri. Viens m'embrasser.

En se déshabillant, il songea combien il lui était agréable de n'être pas seul lorsqu'il rentrait chez lui. Et une fois coulé sous les draps tièdes, quand il eut senti son corps emprisonné dans les bras de Paulette qui fleurait bon la bruyère, il eut une pointe de mépris pour ce brave Pontal.

VI

Henri de Lunel était maintenant un des familiers chez Mme Dherville. Éprouvant un plaisir rare à se sentir entouré de cette tendre sympathie que les femmes accordent si volontiers à quiconque sait les chérir, il avait d'ailleurs cette qualité de plaire très spéciale, possédée de ceux-là seuls qui furent élevés longtemps sur les genoux de leur mère, un peu dans les jupons.

Depuis un mois, Mme Dherville habitait Sèvres où, à mi-hauteur de la colline, près de Meudon, sa villa s'étageait. C'était le lundi de Pâques, avril s'ensoleillait. Lunel, pour échapper au spleen de ces jours de fête parisiens, résolut d'aller voir la jeune femme...

La matinée avait été claire, une vraie matinée de printemps, mais l'après-midi, le vent ayant sauté brusquement, il commençait à bruiner lorsque l'écrivain sonna à la grille.

Assise dans la serre, Mme Dherville lisait :

— Ah! c'est gentil de venir me tenir compagnie, dit-elle, l'air heureux, en posant son livre; ma fille passe la journée chez une de ses amies de Paris; vous voyez, je suis en pénitence.

— Et pour vous distraire, vous lisiez?

— Un roman, de vous justement.

La vanité de Lunel s'ébroua.

— Je crois que la pluie cesse, fit la jeune femme; sortons un peu, voulez-vous?

Dans le jardin, des gouttes d'eau tremblaient aux bourgeons des branches. Dans l'air lavé, une bonne odeur de fleurs et terre mouillée s'exhalait.

— Savez-vous, dit Mme Dherville, qu'il m'est venu une idée de très vieille femme! Voilà que je me prends pour vous de si bonne affection que j'ai envie de vous marier!

— Je pensais, répliqua Lunel, que cette idée m'aurait été donnée par toute autre que vous.

— Pourquoi? Ennemie du mariage, moi, parce que j'ai la douleur d'être veuve! Mais alors, il faudrait renier toutes mes joies, car c'est d'avoir été heureuse que j'ai tant souffert. Oh! soyez tranquille, je ne vous réciterai point les banalités qui ont été dites en faveur des épousailles.

Il allait parler, elle ajouta, souriante :

— Dispensez-vous de me répondre par les arguments communs, et demeurez calme. Je n'ai encore jeté mon dévolu sur personne, mais, si je découvrais l'oiseau rare, vous trouverais-je disposé à ne pas dire non, du moins en principe?

Méfiant, il la soupçonna de lui tendre un piège et répliqua :

— C'est moi qui craindrais de ne pas être digne de la jeune fille que vous auriez choisie pour moi.

[...] Lunel [...] en lui disant [...] les yeux fixés [...] la jeune femme.

— Vous êtes triste! dit-elle en se retournant.

— Je n'aime pas parler du bonheur à venir... Il se peut [que vous n'] ayez de jour de bonheur présent [...]

— Espérer le bonheur quand ce bonheur est réalisable, c'est être heureux déjà... Si nous marchions [...] froid. Ce soleil est pâle, on dirait d'un soleil d'automne.

Elle courut à la maison, mit son chapeau, s'entoura le cou d'un boa.

— En route! dit-elle, prenant le bras de Lunel.

Il venait jusqu'à eux des airs d'orgue de Barbarie essouf- flés et [illegible]. Au loin des cloches bourdonnaient. L'air était mou, le ciel morne, même à la campagne, on dirait qu'en ces jours de repos dominical, la nature a envie de bâiller.

Tout à coup, ils croisèrent une bande folâtre d'amoureux, des étudiants venus là courir et se vautrer dans l'herbe neuve avec leurs petites amies, et ces couples qui passaient avaient une telle gaieté, une si belle insouciance que tout le paysage en fut comme égayé. Alors Lunel se mit à fouiller les massifs à chercher des violettes, des anémones, des mu- guets, cependant que Mme Dherville munie d'un petit album crayonnait un coin de forêt.

— Vous devriez, dit Lunel [...] dessiner [...] du geste, vous allez [...] des indulgences [...] de mettre une date au bas d'un croquis, de fixer une trouv- aille...

Il s'éloigna de quelques pas et tirant un calepin, comme ça un croquis de Mme Dherville.

Ce fut enlevé en un rien de temps.

— C'est votre mouvement, mais ce n'est pas vous... Pour- tant je vous ai bien dans les yeux...

— Très réussi comme silhouette. Vous m'en faites ca- deau?

— Pour que vous le déchiriez? Non, je le garde.

Son regard, son geste, toute sa personne appuyèrent ses paroles; il répéta:

— Je le garde!

— Vous n'êtes pas généreux de vos œuvres, essaya-t-elle de plaisanter.

Tous deux continuèrent à marcher le long d'un chemin qui dévalait sous les hêtres.

— Je ne connais rien de meilleur [...] dit Lunel [...] la campagne comme [...] vous sommes encore jeunes tous deux et nous voilà seuls au milieu [des bois...] [...]

[several illegible lines]

— Si vous [...] dit-il leur pauvre fille, elle a aussi des [...]

Elle répliqua:

— Je sais que vous êtes un [...] homme, et que je [...] mégarde sans trahir [...] sous votre [...]

Elle prit un petit air moqueur.

— Voyez, dit-elle en montrant [...] coquetterie [...]

qu'elle...

Il eut dans ses mains la main de Mme Dherville. Il la tint un instant sous son regard respectueux, puis il s'éloigna, oui, sans abandonner les mains devenues tremblantes...

— Grand'mère? Vous?... Allons donc!

Le silence, la paix, le crépuscule étaient pleins de douceur.

Des nuages cotonneux flottaient à l'horizon, le ciel semblait de rose fanée, on aurait dit d'une de ces soirées d'octobre désenchantées et déjà frileuses.

Les nerfs solides et vibrants, Lunel se sentait vivre et goûtait un plaisir rare à regarder et à entendre. Il percevait l'harmonie secrète des couleurs et leur rythme, le dessin des choses par masses fuyantes jusqu'à la ligne d'horizon; il aurait pu noter le frémissement de la brise. L'air avait un goût exquis. Ces sensations aiguisées le rendaient heureux, magnétique, sa confiance en lui était sans bornes. Alors doucement, très bas, cajoleur, et comme se parlant à lui-même, il dit :

— Je devine que la grande, la vraie douleur est un mal assez meurtrier pour étreindre la vie tout entière, mais encore cette douleur est immense quand elle arrive au moment précis où toutes les forces sont jeunes. L'avenir est-il donc irrévocablement condamné?...

Elle leva la tête, ses yeux couleur du temps étaient striés d'angoisse. Lui, très vite, et avec une émotion presque fin...

— Permettez-moi d'être votre ami, votre ami tout à fait. Je n'attends rien, moi non plus, et si j'hésitais tout à l'heure devant une pensée de mariage... Qui sème l'amour récolte la douleur, n'est-ce pas?... Et cependant, projeter une âme dans une autre âme, entendre ensuite ses pensées répétées comme par un écho et renforcées par [illegible] seule de moi [illegible].

Arrivés devant la grille du jardin, leurs yeux se prirent avec une puissance d'étreinte. Subitement le visage de Mme Dherville s'empourpra; Micheline, revenue de Paris et qui guettait le retour de sa mère, la [illegible] était à son tour.

VII

Madame Marielle Dherville,
Villa Marielle (Seine)

Paris, 30 avril...

Chère Amie,

Avant de commencer ou plutôt de recommencer cette [illegible] je me tairai [illegible] d'écrire [illegible] à moi, et surtout sans relire. Si je n'avais pris d'un seul élan, cette page, qui est la troisième que je griffonne depuis ce matin, subirait le sort des précédentes, un peu nerveusement déchirée.

Je ne débuterai point par des excuses. Je vous dirai ce pendant qu'à voir [illegible] de ces lignes de mon écriture comme certaines autres actions, nous les subissons [illegible] des heures de [illegible] je crois que nous sommes plus ou moins des pantins [illegible] maintenant [illegible] fait manœuvrer les fils. Combien [illegible] conscience ne saurait être mise en cause. Mais il faut que je vous dise ce qu'il m'est impossible de vous cacher plus longtemps : je vous aime. Oh ! je serai très sobre de phrases, c'est ce que je peux faire de mieux, ou de moins mal. Les mots ne sont-ils pas mesquins, déflorants quelquefois ?

« Je me suis pris à mon propre piège. Au début de nos relations, je confesse avoir rêvé un adorable flirt avec vous ; une de ces gentilles sentimentalités à la mode, très élégante, certes, confortable aussi, dans un joli décor, celui de votre serre précisément, sous les thuyas, comme *aux Français* ? C'eût été faux, malsain, mais amusant. Nous aurions joué notre petite comédie deux ou trois mois, et puis nous nous serions quittés... bons amis, naturellement.

« Mais sans être aussi fin psychologue que mon brave Pontal, je savais bien que vous n'étiez pas femme à donner un jour votre main à baiser, le lendemain votre bras jusqu'au coude exclusivement ; après, vos lèvres, quand j'aurais été bien sage, avec un peu de votre cœur, comme vous donnez un morceau de sucre à votre lévrier. L'amour, c'est justement le contraire de tout cela, et puisque nous sommes libres l'un et l'autre, je viens vous demander simplement de vouloir bien être ma femme. Oui, simplement !

« De connaître vos souffrances, de savoir le reliquaire qu'est votre cœur, je vous aimerai infiniment. J'aurais pu tout vous avouer, l'autre jour ; mais près de vous, je suis d'une timidité puérile, je balbutie comme un collégien. Aussi, voyez, j'en suis réduit à employer le procédé banal : écrire, ce qui prouve bien que je suis complètement potache, c'est que je glisse cette lettre dans le livre que vous m'avez demandé et que je remets chez vous bien et dûment cacheté.

« Pardonnez-moi si je me suis expliqué maladroitement, amie très chère, je suis trop marchand d'écritures pour me résoudre à faire passer, dans le cliché des phrases impuissantes, mon adoration pour vous.

« Je quitte Paris demain, je vais aller mater mon impatience sur les bords de la Méditerranée, au cap Martin, où votre lettre viendra me rejoindre, si...

« Henri de Lunel. »

Monsieur Henri de Lunel
Grand Hôtel (Cap Martin).

« Vos aveux, mon ami, ne m'ont pas offensée ; j'en avais peur et je les attendais. Mais votre amour devant me faire souffrir plus que tout, je [illegible], entre les deux douleurs que vous me réserviez, d'avoir choisi l'abandon.

« J'ai été heureuse, vous le savez, presque trop heureuse, et n'est-ce point tenter Dieu que de faire un nouveau rêve ? Mais la douleur ou l'amour, ces deux mots pour moi synonymes, c'est comme une plaie que je suis à mon insu sans pouvoir m'en détacher. Je crois que vous avez raison : nous ne sommes pas libres. Je souffre déjà tant loin de vous, que je me demande si la résistance n'est pas inutile, et même quelque peu ridicule.

« Il faudrait pourtant que je sois raisonnable pour deux, soucieuse de ma lamentable tranquillité et de la part de bonheur que Dieu vous doit. Je vieillirai vite, mon ami. L'automne va venir. M'aimerez-vous encore quand viendra l'hiver ?...

« Mon cœur est un enfant qui tremble devant la solitude. Vous l'avouerai-je ? Ma fille qui, dans les heures de profonde détresse, m'a aidée à supporter la vie, ne m'a jamais suffi. Et le jour n'est pas éloigné sans doute où elle me quittera...

« Je devrais pourtant me résigner. J'ai songé à mille choses pour nous séparer. Je voulais partir, quitter la France, vous oublier. Jamais je ne pouvais... je n'ai pas pu. J'ai pris de beaucoup de pleurs... j'aillais vous absorber...

« L'amour me... que... Je laisse mon cœur vo-
guer à la dérive pour qu'il aille se briser vers vous. Non, non, vous ne ferez point de mal à ce pauvre cœur, vous en aurez pitié, n'est-ce pas?

« Je pleure, mais mon âme est en fête, et je suis à vous, toute. »

MARIELLE DHERVILLY. »

VIII

La mère d'Henri de Lunel, infirme depuis des années, n'a-
vait pu assister au mariage de son fils, et le nouveau ménage,
avant de s'installer en Algérie, débarquait à Riom, par une
fraîche matinée de juin.

Qu'ils sont mélancoliques, ces retours à la ville natale,
après des années d'absence! La première impression triste
qu'éprouva Lunel lui fut donnée par le cocher d'omnibus
auquel il confia ses bulletins de bagages. Le père Landry
qui, depuis trente ans, faisait le service des voyageurs, lui
apparut pour la première fois, voûté et avec des cheveux
blancs.

Le couple suivit à pied un grand boulevard planté d'arbres
séculaires. Sous un dôme de verdure abritant une délicieuse
fraîcheur d'ombre, les oiseaux gazouillaient et l'on entendait
le murmure des fontaines.

— Quelle ville calme! dit Mme de Lunel. On dirait d'un
couvent.

— Ou d'une nécropole, répliqua son mari qui détestait Riom.
Quand la Cour est en vacances, il n'y a plus un chat dans les
rues, et, vous allez voir, le gazon verdoie entre les pavés.

Marielle serra le bras de son mari.

— Je ne sais pourquoi, mais je suis tout émue à la pensée
de voir votre mère. Comment m'accueillera-t-elle ?

— Émue tant que cela ? plaisanta-t-il. Qu'est-ce qui vous
inspire de semblables idées, ma chérie ?

— Je crois que c'est cet air honnête et arriéré de votre
ville natale, mon chéri.

Elle réfléchit pendant quelques pas et elle ajouta :

— Votre Riom, mais c'est la cité de la vertu et de la morale comme Champfleury les a dépeintes dans quelques-uns de
ses chefs-d'œuvre, n'est-ce pas ?

— Hum ! fit-il. Méfiez-vous des façades.

Mais, au lieu de s'arrêter à sa remarque, elle continuait
dans la quiétude matinale de ces avenues de sous-préfecture :

— Tenez, je ne vous ai pas dit... J'ai chez moi aux Zardézas
une vieille nourrice qui m'a élevée et, justement, c'est une
payse à vous, une vieille Auvergnate pur sang. Eh bien ! je
vous assure qu'il y a une grande ressemblance entre elle et
quelques-unes de ces vieilles demeures que j'aperçois...

— Alors, elle n'est pas gaie votre...

— Nanette, on l'appelle Nanette... Pas gaie, cela je l'avoue,
et pas toujours agréable. N'empêche qu'elle a un cœur pour
moi...

— Et probablement pas pour tout le monde !

Sans relever le propos, où perçait une intention, la jeune
femme devint à son souci du moment.

— Henri, soyez franc; votre mère comment m'accueillera-
t-elle ?

— Mon Dieu ! que vous vous faites petite fille ! dit-il pour
toute réponse un peu moqueur.

— C'est vrai ! mais je subis, sans doute, cette influence du milieu que vous enveloppe à la descente du train, une atmosphère provinciale extraordinaire. Jamais je ne l'aurais cru, et je me dis, que si déjà, rien qu'en arrivant de la gare pour faire simplement le tour des Promenades, je respire des siècles de magistrature et de dévotion.

Très amusé de lui voir subir là un effet qu'il connaissait bien, son mari lui coupa la parole :

— Vos inquiétudes sont vaines, ma chérie, maman est la meilleure des mères.

Ils tournèrent rue de l'Hôtel-de-Ville, descendirent la rue Saint-Louis où, à côté du Palais de Justice, s'usait le clocher d'une chapelle gothique.

Cependant le trouble de Mme de Lunel s'accentuait; la voyant un peu pâle, il dit :

— Je n'ai pas prévenu maman de notre arrivée pour ce matin ; la pauvre femme n'aurait pas dormi de la nuit. Nous ne sommes donc pas attendus, et si vous n'étiez fatiguée, je vous proposerais de vous promener encore un peu.

— Oh ! très volontiers, mon ami, je n'éprouve aucune lassitude. Il fait si bon !

Rebroussant chemin, ils montèrent sur le Pré-Madame, sorte de terre-plein dominant le boulevard et planté de hauts tilleurs en fleurs dont le parfum sucrait l'air frais du matin. Devant eux, presque sous leurs pas, des moineaux se roulaient dans le sable que doraient par taches de rieuses échappées de soleil.

De cette sorte de promontoire, la vue s'étend magnifique sur la mer grasse et verte des plaines de la Limagne noyée à l'horizon dans une buée violette.

Tout à coup, dans le silence, une cloche tinta. Et ce fut une théorie toute blanche, de sons frêles, un appel discret et pieux qui paraissait venir de loin, de très loin, d'une autre ville, d'un autre monde peut-être... appel encore mal éveillé et tout frissonnant dans l'aube virginale.

Il eut une minute d'émotion dissimulée sous l'apparence d'une plaisanterie :

— Marielle : *Les cloches du monastère!*

— Un couvent ? Je m'en doutais; où donc ?

— Tenez, là, à votre droite, derrière ce grand mur. C'est la Visitation, et l'on vient de sonner le petit lever de ces dames.

— Ce n'est pas gentil de plaisanter, ce sont de saintes femmes et d'heureuses femmes qui sont là.

— Il paraît, fit Lunel; ma mère qui y a été élevée, m'a dit cela. Quand j'étais enfant, elle m'emmenait voir quelquefois ses anciennes maîtresses à travers les grilles du parloir. Ma grand'mère et même mon arrière grand'mère y ont fait leur éducation. J'ai une tante enterrée là. Elle était supérieure. Mais faisons donc le tour de l'établissement, puisqu'il vous intéresse.

Alors, descendant du Pré-Madame par une rampe très douce, ils prirent tout de suite à droite le petit chemin qui longe le jardin du couvent. Le mur d'enceinte, barrière inexorable où se brisent les bruits du monde, les désirs du monde, la folie du monde, s'élevait très haut, austère et farouche. A l'angle du vaste enclos, ils aperçurent, dépassant le mur, la petite chapelle du cimetière, coiffée de tuiles rouges encadrée dans les ramures d'un sapin où des pigeons roucoulaient.

Déjà quelques maisons s'éveillaient, des persiennes s'ouvraient; le père Gonnaut, un vieux conseiller, en retraite, encore coiffé d'un madras rouge, arrosait des lauriers roses sur son balcon. Un débit baillait des deux ventaux de sa porte pour laisser entrer les camionneurs, conducteurs d'omnibus ou employés du chemin de fer qui prenaient une goutte en passant — la première des premières. D'un pas d'homme qui dort encore, quelque brosseur s'en venait de la caserne chez son lieutenant, avec un sabre astiqué de frais sous le bras, et des devantures, des volets s'enlevèrent. Il y eut de porte en porte des promenades de pains tout chauds tirés du four, sentant la farine et la braisette; il y eut des laitières arrivant de la campagne avec leurs seaux de lait sur la tête et se dandinant d'une marche alerte et sûre. Les deux chaisières de Saint-Amable et du Marthuret trottinaient à leur poste, en frôlant les murailles d'un gris ardoisé, pour la première messe.

Le mari de Marielle pensa qu'à cette heure sa mère étant réveillée, il pourrait lui présenter sa femme.

La mère de Lunel, qui avait les jambes paralysées, se levait tard. Elle était encore couchée quand ils arrivèrent. Aussitôt, elle reconnut la voix et le pas de son fils; son émotion fut si forte qu'un tremblement la saisit. Sur son ordre, la

Vous méconnaissez Marielle, je vous assure (page 24)

femme de chambre en conduisant le jeune ménage à l'appartement qui lui était réservé, annonça que Mme la marquise dormait encore...

Henri n'avait jamais avoué à sa femme les difficultés éprouvées pour obtenir le consentement de sa mère. Non pas qu'elle se fût opposé formellement au mariage, mais son approbation avait été pleine de réserve, car elle partageait l'avis de Pontal et prétendait que son fils eût été infiniment plus sage épousant une jeune fille. Malgré son esprit très pratique et d'un bourgeoisisme aigu, la fortune de l'ex-Mme Dherville n'avait pas réussi à modifier sa manière de voir.

Cependant, lorsqu'elle vit sa belle-fille, elle se montra tout à fait agréable pour Marielle, flattée de sa beauté, de son grand air, reconnaissante surtout de l'amour éprouvé pour son fils.

Donc tout se passa bien ou à peu près, encore que la jeune femme n'eût pu vaincre l'espèce de crainte que sa belle-mère lui inspirait.

Puis, ce vieil hôtel construit de laves, avait quelque chose de sépulcral. Dans les grands appartements déserts, tapissés de Flandre, une tristesse morne tombait. Malgré soi, comme

avec l'inquiétude d'éveiller cette trop solennelle demeure, on
parlait à voix basse.

Puis, on s'était informé par politesse, auprès de la nouvelle
mariée, de sa grande fille, et en répondant que Micheline restait au couvent où elle se plaisait beaucoup — ce qui n'était
peut-être pas très exact — Marielle avait visiblement eu à
souffrir.

Quelques amies de Mme la marquise, au visage figé, venaient
faire de courtes visites, la féliciter du mariage de son fils.
C'étaient des veuves de conseillers, d'officiers du second Em-
pire tués sur les champs de bataille de 70, ou ayant agonisé
quelques années encore dans le cauchemar de la défaite; —
quelques vieilles filles nobles aussi, et noblement miséreuses.
Parfois il s'y adjoignait un vieux prêtre libre, ancien aumô-
nier militaire.

Tout ce petit cercle de femmes avait eu, sans méchanceté,
une façon de compliments, au sujet de Marielle et d'Henri,
bien propres à rassombrir encore les sombres réflexions de la
nouvelle belle-mère. Il en fut tant dit avec les meilleures intentions du monde pour la rassurer sur l'avenir, que ses
alarmes naturelles d'infirme et de recluse ne purent que s'ac-
croître.

Ces visiteuses parties, la pauvre paralytique restait presque toujours seule, n'ayant d'autre compagnie que la reli-
gieuse douce et froide qui la gardait.

IX

Au *Café du Puy-de-Dôme*, non seulement Lunel daignait mais
il voulut se montrer deux fois, aux heures de la clientèle:
mazagran et apéritif du soir, avant et après le Palais. Car
il savait la curiosité fort excitée sur son compte: l'esprit
de dénigrement des petits endroits, jusqu'à présent, avait pu
discuter l'homme de lettres, d'une réputation lente à s'éta-
blir, lente à atteindre en librairie les gros tirages, mais le
brillant épouseur d'une fortune comme celle de la jolie Mme
Dhérville rehaussait singulièrement l'écrivain.

Ce fut à qui, en le voyant s'installer à une table, se sou-
viendrait d'une camaraderie dont chacun exagérait aujour-
d'hui, tout d'un coup, le degré de familiarité. Des gens de sa
génération, qui ne l'avaient jamais appelé que Lunel, ou
même M. de Lunel, vinrent à lui, la main tendue, la mine
et la parole et cordiales, si franchement et si sincèrement
réjouies:

— Tiens, Henri ! Comment vas-tu ?
— Ce cher Henri !
— Ce vieil Henri !
— Te voilà dans nos murs ?
— Y a-t-il longtemps, hein ! que le pays n'a été favorisé
de ta présence !
— Maintenant qu'il est célèbre !...

Les gens plus âgés lui adressaient de petits saluts de re-
connaissance flatteurs, remplis d'une soudaine estime, voire
d'une soudaine affection.

On s'informait de sa mère, Mme la marquise, à laquelle
personne ne pensait jamais.

Pour le groupe de hobereaux et de gentillâtres, qui ma-
nœuvrèrent de manière à s'en rapprocher dès qu'il fut moins
accaparé par ses anciens condisciples, au lieu de « ce cher
Henri » ce fut:

— Ce cher comte !

On lui demandait si la comtesse se plaisait à Riom, s'il

[...] lui avait toujours témoigné de l'estime et de l'amitié. Ils furent heureux de se retrouver, de mêler leur vanité satisfaite.

Bergeac, d'origine obscure, était à trente ans, après un beau mariage, l'avoué de la cour le plus madré, le plus retors, le plus en vogue [...]

[...]

— D'ailleurs, je ne demeurerai pas au pays.
— Naturellement. Mais tu y reviendras.
— Quand j'y reviendrai, tu seras [...]

[...] écrit bien, il n'y a là que pour Marielle et pour toi, le temps [...] jour auprès de moi, nous éloignant toujours [...] sa fin. Il doit partir très jeune homme de quitter [...] pour [faire valoir] son grand domaine d'Afrique.

— Mère, si je ne savais, en vérité, que c'est la tristesse de nous voir nous éloigner qui vous fait parler ainsi, vous me chagrineriez beaucoup.

— Je n'ai pas voulu te peiner, mon petit, reprit la marquise sur un ton affectueux. Les peines, vois-tu, les mamans les gardent pour elles, c'est leur bien...

— Alors, maman, dites-moi que vous comprenez parfaitement au contraire, quels [...] nous rappellent en Algérie, et que vous nous approuvez tous les deux d'être assez raisonnables pour ne pas prolonger davantage en ce moment notre voyage en Auvergne, dont Marielle est si contente.

— Raisonnables, vous? Mon pauvre Henri! Tu veux que je vous prenne pour raisonnables? Mais alors, il fallait peut-être commencer par ne pas vous épouser...

— Allons, mère, vous êtes dans un de vos mauvais jours.

— Le marquis de Lunel, prononça-t-elle solennellement, appelait *mauvais jours*, ceux où l'on voit les choses comme elles sont.

Il y eut entre eux quelques minutes de réflexions muettes; la pendule d'albâtre, sous son globe chenillé de rouge, les compta d'un balancier dont le vieux tic-tac était aussi mélodieux qu'une sonnerie.

On eût dit qu'elle seule avait la parole dès que la conversation prenait un tour aussi grave [...]

Après un soupir que la vieille dame lui rendit par un autre soupir, Henri reprit le premier.

— Vous méconnaissez Marielle, je vous assure.

— Pas du tout, mon fils, je lui rends pleine justice, proféra la marquise avec fermeté. Marielle est charmante! Mais tu sais fort bien ce que je veux dire.

— Ma parole...

— Cette jeune femme qui est la tienne, elle est mère, mais d'une enfant qui n'est pas de toi. Ta tâche sera lourde, [...] entièrement accomplir avec ce veuvage auquel [...] vient de mettre fin, avec cette enfant, cette Micheline que [...] pourra toujours [...] jamais encore avec [...]

— [...] ni méchante [...] Donc? — Par conséquent...

— Elles non plus n'ont aucune méchanceté, j'en suis bien persuadée. La question n'est pas là. Les meilleurs cœurs peuvent se trouver parfois réduits aux sentiments les plus imprévus, aux souffrances les plus dangereuses, jusqu'à [...] même à la conduite la plus détestable.

— Vous vous figurez que je suis toujours un gamin! J'ai réfléchi, n'ayez pas peur.

— Par assez!

Tous les matins, Lunel passait une heure dans la chambre de sa mère, en tête à tête, avant qu'elle ne fût encore levée. La marquise, d'esprit très droit, douée d'un prodigieux bon sens, juste avant d'être bonne femme de tête avant d'[être] [...] de cœur ne se laissait jamais aller à une tendresse [...]

Elle trouvait [Marielle] belle, elle [la trouvait] charmante, mais son jugement [sur] ce qu'elle appelait le coup de tête de Marielle ne se modifiait point; et le matin suivant, moitié en riant, moitié grave, elle dit à son fils:

[...] pour ma part [...] d'un mari et sont toujours là [...] leur existence. Tout cela, mon [...] ni la fin de la sagesse. Il faut savoir [...]quer et ne pas être à l'affût d'un roman quand on a été marié.

— Oh! oh! maman! dit Lunel.

— Je ne voudrais certes pas te faire de la peine et t'attrister outre mesure. Mais je ne vois pas ton avenir en rose. Je crains que tu ne sois pas heureux, mon pauvre enfant. Ta femme vieillira avant toi. Lui seras-tu fidèle? J'en doute...

— Mère! s'écria-t-il avec feu. Tant que je vivrai, j'aimerai Marielle ardemment, profondément, faites-moi l'honneur de le croire!

— Aimer et être fidèle, dit la vieille dame, en incrustant son regard droit devant elle, dans de l'invisible, cela fait deux. Qu'est-ce que tu écris donc, toi qui fais des romans, si tu ne sais pas cela?... Tu le sais, et tu ne veux pas m'accorder que je dis vrai!

Il ébaucha un geste d'incrédulité et de mécontentement, mais elle poursuivait d'une implacable logique :

— Beaucoup de femmes, à certaines heures, sont sans refuge. Les faibles ou les sottes s'en créent une. À côté, la femme qui n'est ni sotte ni faible aura bien pis que cela à sa disposition...

— Oh!... Bien près que cela, murmura-t-il, n'en croyant pas [illegible].

Mme de Lunel laissa de nouveau la parole pour quelques instants à la pendule en albâtre sous son globe de verre à chenille; après quoi, très grave, mais d'un ton très net, elle articula :

— Elle aura le défunt! Prends garde, Henri...

Il baissa la tête, et la parole lui encore [illegible] dule :

Cependant, comme la paralytique [illegible] son fils, très malheureux, réellement très malheureux, elle essaya d'atténuer la portée de ce qui lui avait échappé.

— Je te fais souffrir. Allons, mets que je ne t'ai rien dit [illegible]

Et comme Henri répondait [illegible] :

— Tant mieux. Je lui donnerai une petite médaille, si tu le permets. Mais je t'en prie, surveille-toi!

— Mon Dieu, maman! vous reconnaissez que ma femme est charmante, vous savez qu'elle est très riche et qu'elle m'aime... pourquoi vous inquiétez-vous?... Voyons, nous ne sommes mauvais ni l'un ni l'autre?...

Pour simple réponse, Mme de Lunel hocha la tête et toujours en embrassant son fils;

Mais le banquier [illegible] était maintenant à Alger. [illegible] aura le défunt. Elle aura le défunt...

Le lendemain, le jeune ménage s'embarquait pour Alger [illegible].

<h2 style="text-align:center">XI</h2>

La mer était d'une [illegible] de Lunel avait quitté Riou avec un soupir de con[illegible] et voici que [illegible] à Philippeville, elle [illegible] encore [illegible] aujourd'hui. La [illegible] d'hier avant qu'il ait [illegible] et [illegible] qu'aujourd'hui [illegible] là-bas que des [illegible]

Maintenant, elle arrivait avec un nouveau mari, un Parisien, très homme du monde, certes, mais sceptique, plutôt froid, railleur. Comment le recevrait-on, lui? Elle le regarda et tendrement lui prit la main. Lunel, absorbé dans la contemplation de la mer par le hublot, se retourna, lut de l'angoisse sur ce visage et enveloppa sa femme d'un regard où il y avait peut-être de l'affection, mais surtout beaucoup de pitié. Il ne l'embrassa point, n'eut pas un mot, pas une caresse, et l'invita seulement à hâter sa toilette pour monter sur le pont. Dans la cabine on étouffait.

Le cœur de Marielle s'oppressa.

— Déjà nerveux, pensa-t-elle. Ah! combien différent! J'étais si habituée à la tendresse! J'avais tant besoin de confiance.

Mais elle ne voulut plus réfléchir. Déjà l'émotion de l'arrivée la serrait à la gorge, et vite, elle courut rejoindre son mari.

— Vous verrez, dit-elle, cependant gracieuse et chatte, la bonne vie que nous aurons là-bas! Une vie saine comme vous devez l'aimer. Il y a douze chevaux, des fusils, des chiens, le paysage est merveilleux, c'est un enchantement, et mes montagnes sont très giboyeuses. Ah! cher, si vous le voulez, il y aura aussi du travail et vous pourrez réserver beaucoup de temps à vos romans, dont je suis très fière.

Lunel, ravi, plein de bonnes intentions, annonçait des dispositions exceptionnelles pour l'agriculture. Il récita quelques-unes des phrases du jeune avoué Bergeac sur les marchés, les débouchés, se risqua sur les assolements. — D'ailleurs, il adorait la vie des champs, et la chasse avait toujours été sa passion favorite. Il emmenait avec lui deux griffons d'un dressage parfait, deux célébrités.

— Si je pouvais vous faire là une existence de vrai bonheur, de grand bonheur! murmurait-elle.

Il répéta:

— Douze chevaux, quatre-vingts bœufs ou vaches, trois cents moutons! Combien de domestiques avez-vous dit?

— Vingt. Plus la gouvernante, Nanette, ma nourrice qui parle arabe comme son patois d'Auvergne, et qui fait tout marcher bon train, je vous en réponds.

Lunel nageait en plein bonheur. Ah! si ses compagnons de misère, lors de ses débuts à Paris, avaient pu seulement imaginer sa nouvelle opulence!

— Mais, c'est un fief que vous possédez là-bas, ma chère Marielle!

Lui, l'homme froid, habitué à l'observation rigoureuse, s'étourdissait, s'enivrait, emballé.

Il n'y avait personne sur le pont, il embrassa sa femme éperdument.

— Oui, ma bonne amie, ma chérie, ma très chérie, nous serons heureux, je le sens. Si tu savais ce que je m'en moque du Boulevard, et de toutes mes petites glorioles littéraires!

— Il ne faut pas, dit-elle vivement dans un élan puéril et plein de grâce. Je t'aime aussi un peu pour ton talent, tu l'oublies donc?

— Heu! mon talent. Il me semble n'en avoir jamais eu autant avec la plume qu'un certain après-midi dans les bois, avec un bout de crayon, sur une méchante feuille de calepin, à Sèvres...

— Ah! oui, ma fameuse silhouette... se rappela-t-elle abondamment, caressée à fleur de peau par d'ancienne joie, et l'ancienne gêne d'alors.

Mais à son secours lui revint un certain petit air positif qui lui permit de répondre avec importance:

— Henri, tu ne serais ni ce que tu es, ni ce que je veux que tu restes, si tu ne passais dorénavant si bien et de Paris et de ton monde...

Impétueusement, il l'interrompit
— Et Paris et mon monde, laissons-les où ils sont! disait-il en l'imitant, par tendre raillerie. Je te possède, je ne suis maintenant possédé que par toi.
— Maintenant, accentua Marielle.
— Oh! comment parler, alors? se désespérait-il drôlement.

Eh! là-bas! On s'oublie dans les délices du soir!...
(page 42).

Elle, toujours sérieuse, persista, demandant
— Tu ne regrettes rien?
— Je t'adore.
Cette fois, comme la jeune femme s'attendait à un nouveau baiser, il demeura distrait à ses côtés.
Une bonne brise lui fouettait le visage, et il fixait l'horizon, l'œil impatient.
Ils débarquèrent à dix heures du soir à Philippeville. L'escadre de la Méditerranée mouillait en rade de Stora; chaque vaisseau envoyait des projections électriques sur la

[...] Aussi avait-elle prévenu personne de son arrivée et de ne point trouver là les visages reconnus(?), une impression d'isolement la saisit. Mais, à quoi [...] connue et aussitôt signalée. Leurs bagages n'étaient point déchargés à la douane, que la nouvelle de son retour se répandait déjà [...] parlotes sur la place de la Marine.

Quand M. et Mme de Lunel, faisant un détour pour ne point être aperçus, se rendirent à l'*Hôtel d'Orient*, les promeneurs et les promeneuses murmuraient leur nom; on les suivait avec une effronterie inconsciente en examinant Lunel presque sous le nez. Lui bougonna : « Quels imbéciles, ces gens-là! » et il fut entendu.

Le patron de l'hôtel, un vieil Algérien bavard, un peu trop à l'aise avec tout le monde et qui avait pour habitude de traiter ses clients avec un sans-gêne extrêmement méridional, félicita, ainsi qu'il convenait, le nouveau couple, puis raconta les derniers événements municipaux.

C'était prévu: le père Langlois devait être blackboulé et c'est M. Redis qui a été nommé maire. Un gentil garçon, un peu jeune, trop amateur de jupons, mais pas bête. Oh! non. On dit qu'il va épouser la fille de notre sénateur, la cousine de Mme Dubar? À propos de Mme Dubar, son mari est venu dîner ici avant-hier, un fin gourmet... on se console [...] qu'est-ce que vous voulez? Encore un trop haut [...] Constantine [...]

[...] même chose partout [...] la politique [...] ses combinaisons et ses [...]. Mon Dieu, que le monde doit être monotone à parcourir! Je suis sûr qu'il y a ici un Bergerac comme là-bas d'où nous venons, et nous irions ailleurs, nous en rencontrerions un autre. Cette vieille tripe d'aubergiste ne se doute pas de la hauteur des enseignements qu'il distribue à ses voyageurs.

Longtemps il s'en égaya tout seul, malgré l'éveil en lui d'une certaine petite irritation contre cette Algérie, que le discours du bonhomme [...] d'un seul coup, de [...] aux dimensions du faubourg, de la Bode et de la [...] Jean-de-Berry.

[...] de Stora à Biskra, le [...] sur Sidi-Sai qui jusqu'à Castonville, traîne au milieu des [...] et des caroubiers ses eaux lourdes et empoisonnées.

XI

En arrivant à [...] Arroch, [...] village franco-arabe situé à cinq kilomètres de [...], [...] reconnut les chevaux et son grand break, [...] sur le siège trônait Kalfa, coiffé d'un turban neuf et drapé dans son burnous des grands jours.

[...]

beaucoup pour pouvoir rattraper ce « chez nous » qu'il jugea déplacé au possible.

Mais la jeune femme ne s'en apercevait pas. Il en eut bientôt la conviction et se rassura.

L'avenue s'amorçait à droite, sur la route, au commencement du Djebel M'ssouna, bordé de grands arbres d'essences diverses et d'une double rangée de cactus en fleurs d'amandiers, de géraniums et de lis.

De la terrasse, la vue s'étendait illimitée. En face, jusqu'à son embouchure, l'oued Saf-Saf déroulait son large ruban mordoré.

A gauche, très loin, on découvrait le djebel Aïn-Kess-kess, et là-bas, tout là-bas, en dégringolade jusqu'au fond de la gorge, des rochers gigantesques, de la brousse et des champs d'oliviers.

Bientôt les principaux domestiques : Ahmédo, Darbouka, El'Mekhi, Filali et Ben-Amar le chasseur, vinrent respectueusement prendre les ordres et baiser la main du nouveau maître avec de grands salamalecks.

Une femme longue, sèche, maigre, coiffée d'un bonnet d'Auvergnate, avec un caraco rouge sur les épaules, se jeta au cou de Mme de Lunel qui l'embrassa à plein cœur.

Puis, tout à coup, la vieille femme détourna les yeux et, cachant la tête dans son tablier, s'enfuit dans la cuisine.

Lunel était déjà occupé à visiter la ferme.

Ahmédo, stylé comme un parfait domestique européen, en dépit du tutoiement toujours en usage chez les Arabes, servait de Barnum.

Ils traversèrent d'abord une salle à manger toute lambrissée, avec chapiteaux mauresques, ensuite une véranda où, sous les palmiers nains, un petit jet d'eau montait, pour retomber dans une vasque en gouttelettes d'une délicieuse fraîcheur.

Ils longèrent encore la cour intérieure; à l'entrée, une vieille guenon Jacqueline, assise sur son derrière, somnolait.

On alla voir ensuite les jardins; il y planait des senteurs entêtantes de buis et de roses, on parvint jusqu'au bout des cultures où l'on s'arrêta; elles exhalaient encore trop de terrible chaleur pour les parcourir, et l'on s'en revenait vers les bâtiments lorsqu'une petite plantation d'un vert particulier attira la curiosité de Lunel. C'étaient des citronniers, un peu en dehors de l'avenue principale, sur la droite en arrivant, mais si bien masqués alors par les taillis d'arbustes s'alignant jusqu'à l'habitation, qu'il n'en avait rien aperçu de la voiture.

— Eh bien, Ahmédo, dit-il avec bonne humeur, nous ne devons pas manquer de citrons, j'espère. Bon pour la soif!

Malgré son beau rire, le serviteur avait pris une mine à la fois mystérieuse, contrite et sournoise, en l'observant de biais.

— Hein? questionna Henri devant l'attitude changée pour lui de l'indigène, dont il ne voyait que le blanc des yeux roulant bleuâtre, dans un masque de bouc. Qu'y a-t-il là-bas?

— Là... marmottait l'autre, ravi, mais se gardant bien de laisser deviner son infernale malice. Là, cimetière.

— Qu'est-ce que tu chantes? Un cimetière... pour qui?

— Pour Sidi Dherville, l'ancien monsieur...

Tandis qu'il parlait, avant même qu'il eût fini, Lunel se rappela que Marielle lui avait dit en Auvergne cette particularité : son prédécesseur, le premier mari, enterré au Zardézaz.

Dans le moment, cela lui avait été tout à fait égal. Aujourd'hui il fut près d'estimer la chose une monstruosité, un procédé à son égard véritablement inacceptable.

Quoi! à peine descendait-il de voiture, à peine posait-il le pied sur le sol de la propriété de sa femme, que le mort s'avançait et s'imposait. Installé là!

Le domestique, sans cesser de l'observer en dessous, et se faisant plus servile, ne bougeait pas, ayant trop de plaisir à lui prolonger ce spectacle désagréable avant de le conduire du côté des voilures.

— Aux écuries, dix chevaux : Sultan, Boughéra, Aïd, Galâ, etc.

Ahmédo énumérait leurs qualités.

— Avec Boughéra, tu peux faire cent kilomètres par jour, pourvu que tu aies soin de desseller après la première heure de galop.

Cette visite rasséréna un peu l'ex-marchef de hussards. Pour la satisfaction que lui procurait cette belle écurie, il passerait le mausolée et le voisinage de Sidi Dherville.

Ils allèrent aussi voir les juments dans les boxes.

Les bêtes à cornes intéressaient moins Lunel, mais il fut satisfait de leur grand nombre.

XIII

Mme de Lunel n'avait pas encore eu le courage de monter jusqu'à sa chambre.

Elle allait et venait de la salle à manger à la véranda, tâchant de se donner le change sur cette dérobade, s'inventant des prétextes. Finalement, elle se mit en quête de la nourrice qu'elle trouva dans un recoin d'office, où elle étouffait un sanglot et se tamponnait le visage à grands coups de son mouchoir à carreaux.

Comme dans son enfance lorsqu'elle venait la chercher parce qu'elle avait peur d'aller seule en quelque pièce écartée ou obscure, la Nanette lui dit tout de suite :

— Il faut, Marielle. Viens!

C'est ainsi que l'ex-Mme Dherville aborda son passé; car il était bien là-haut qu'il l'attendait, son passé dans cette chambre de jeune femme d'où elle était partie veuve, pleine de tristesses et de renoncements, pour y entrer si différente, en nouvelle épousée.

Bien avant le départ pour la France, la pièce avait subi des transformations, mais la vue seule des quatre murs eût suffi à Marielle pour qu'aussitôt les souvenirs accourussent autour des deux femmes, qui n'avaient pas encore prononcé un mot, le seuil franchi.

Jamais, à Sèvres, dans sa villa, Marielle n'avait pu mesurer tout l'écart qu'il y aurait un jour entre elle et Mme Dherville, si elle épousait Lunel, ni surtout l'impression qui résulterait ensuite, et plus tard encore, de cet écart. Ici, où en son absence, rien ne s'était renouvelé, il devait en être autrement.

Ce fut pourtant la vieille, la femme dure et peu compliquée, qui résista le moins font d'abord, à cette impression-là : Nanette fut reprise de son sanglot au milieu de la chambre — un sanglot aussi dur qu'elle. Rancune, pitié, dévouement, tendresse ameutaient cette âme obscure avec une véhémence grandiose et tragique.

Écrasée et comme honteuse devant les larmes de sa nourrice, larmes qu'ensemble elles avaient si souvent mêlées, elle se mit à pleurer à son tour en murmurant :

— Ma nounou, ma pauvre nounou, c'est donc bien mal ce que j'ai fait?

— Que veux-tu, ma petiote, c'est la destinée qui veut ça. Je ne connais pas ton nouveau monsieur, mais, vois-tu, je croyais que tu avais la même idée que moi : les bons morts, ça vaut mieux que les vivants.

— Je t'en prie, Nanette, tais-toi!

Mais de rester maintenant toutes les deux là sans parler, cela était au-dessus des forces de la nourrice. À cause des souvenirs qui étaient revenus :

Elle s'obstina donc :

— Que veux-tu, ma petiote. Si on savait... mais, on ne

sait pas, toi pas plus que moi, tu as beau dire... non, tu ne
sais pas! Tu te dis : ça sera comme ceci, et personne n'en est
sûr jusqu'à ce que ça soit autrement...

— Oh! ne dis pas des choses pareilles! essayait d'interrom-
pre sa maîtresse, qui venait de s'affaisser au bord du lit et demeurait là, prostrée, le front bas, se tordant les mains d'un
mouvement machinal.

— Que veux-tu, ma petiote!.. Parce que je t'aime! Parce
que d'autres ne te diront pas des choses pareilles, mais moi
seule, pardié! moi seule... débita Nanette en lui prenant ses
pauvres doigts qu'elle désarticulait et en la forçant à se lever.

— Allons! va te reposer un peu en bas, où il y a plus d'air.
Va!...

Mais à la porte restée entr'ouverte on gratta.

Lunel entra.

— Qui vous tutoie, chère? Je croyais que les Arabes avaient
seuls ce privilège.

Il affectait de chercher du regard, autour d'eux, dans la
chambre, quelque autre personne mieux qualifiée, en vérité,
que cette bonne femme, pour avoir avec Marielle un langage
aussi familier.

Déjà en bas, en apprenant, au retour de sa promenade sur-
rée par Ahmédo, le tête-à-tête, là-haut, de Marielle et de la
nourrice, un vif dépit s'était emparé de lui.

Mais « cette bonne femme », ainsi qu'il traitait Nanette intérieurement, s'avança et répondit :

— C'est moi, Monsieur! C'est moi qui lui parle ainsi. J'ai
toujours tutoyé ma fille, et, voyez-vous, je suis trop vieille
pour faire autrement, n'est-ce pas, petiote?

Et les petits yeux noirs de la vieille, rivés sur l'intrus, di-
saient clairement : Je suis chez moi, ici, tant pis si ça vous
gêne!

— C'est un fameux type, votre nourrice, fit Lunel quand il
fut seul avec sa femme.

— Ne vous l'avais-je pas annoncée telle à Riom? voulut se
borner à répliquer celle-ci.

— N'empêche! elle a, du premier coup, cela se voit, la prétention de me tenir tête, mais vous pouvez lui dire que son
triomphe sera facile: je n'aurai pas le mauvais goût de lutter.
Vivons en paix : les vieilles servantes sont toutes les mêmes,
têtues et jalouses au possible. Dirait-on pas que votre c...
était à elle et que je viens le lui enlever?

Dans sa cuisine, agitant nerveusement les casseroles, tiso-
nant le charbon à grands coups, la vieille Auvergnate grommel-
lait :

— Le bougre! le bougre!..

<h2 style="text-align:center">XIV</h2>

Ce qui intéressait Lunel, c'était une faucheuse mécanique
perfectionnée qu'il avait fait venir de Paris. Les manches de
chemises retroussées, le chef couvert d'un immense chapeau
paillasson, il conduisait les chevaux, les excitait en arabe,
faisant claquer son fouet comme un charretier.

Cette machine, qui, en plaine, eût donné de bons résultats,
devenait presque défectueuse sur le flanc de ces montagnes
toutes plantées d'oliviers.

Lunel s'occupait aussi de la minoterie. Pour cause de sécheresse, le moulin situé sur l'oued Saf-Saf ne tournait plus depuis un mois. Après des difficultés assez grandes avec l'Admi-
nistration, il avait été autorisé à capter les eaux de l'Aïn-Keb-
kem. Cette fois, la force motrice fut insuffisante, et il installa
une machine à vapeur.

malaisement plutôt que [illegible]
semblait la dureté de ce bougre.

Le nouveau propriétaire apportait [illegible] améliorations
aux terres qu'il voulait immenses. Il avait [illegible]
d'Alsalli [illegible]

Devant toutes ces dépenses, la vieille Nanette ne tenait
plus.

— Le bougre! le bougre!

Son poing ridé se tendait quand il n'y avait personne, menaçait le vide.

Quand elle pouvait attraper sa « petiote » en particulier,
elle l'accablait d'objurgations :

— Il va te ruiner!... Tu ne l'arrêteras donc pas?... Tu n'es
donc plus la maîtresse ici?...

Cette première série ne réussissant point, elle passait alors
à la seconde :

— Tu ne penses donc pas à ta fille... On dira que tu n'y
as pas pensé, tu seras blâmée! Tu n'as pas le droit de laisser
faire...

Mais, régulièrement, il lui fallait aller jusqu'à la troisième
série.

— Est-ce que ça n'était pas aussi bien avant?... Tu t'en rends
compte?... Avant qu'il ait venu, nous vivions et tu as été heureuse avant!

Et laquelle soulignait cruellement cet « avant ». La terre
[illegible] Puisque, pour toucher sa petiote, il [illegible]
[illegible] qu'elle s'en servait sans scrupule, oui! Avant qu'il
[illegible] tout allait quand même, n'est-ce pas?...

Alors qu'est-ce qu'il y venait changer, ce Parisien?... Le
bougre!

[illegible] en arriva à fuir Nanette, s'arrangeant pour ne [illegible]
[illegible] jamais seuls toutes les deux. Les scènes furent [illegible]
mais plus violentes aussi.

[illegible] tous les matins à quatre heures, [illegible] rentrait
[illegible] à l'heure du déjeuner, faisait deux heures de sieste, puis
se remettait à la besogne; mais, chaque soir, une commission —
lettre à mettre à la poste, n'importe quoi servait de [illegible] —
[illegible] et il allait jusqu'à El-Arrouch. Là, il s'instal-
[illegible] café, engageait une partie avec le [illegible] de
[illegible]

[illegible] quelquefois, il travaillait [illegible] d'adaptation au nouveau
milieu.

Qui m'eût dit, lorsque le patron de l'Hôtel d'Orient me
[illegible] dès notre arrivée avec sa chronique locale, que je
m'intéresserais à ce genre d'existence! Est-ce bizarre, je n'aime plus Paris, mais plus du tout, cela ne me chante pas
d'écrire. Je n'éprouve même aucun besoin de lire, et ce ca-
poulot de bourgade algérienne avec son [illegible]
[illegible] period, maintenant autant [illegible] voir
[illegible] la terrasse du Napolitain ou de l'Améri-
[illegible] et tout le Boulevard.

[illegible] mort de Marielle ne tenait pas à rien...
[illegible] de Nanette jamais manifestée [illegible]
[illegible] l'agacement pour [illegible]
[illegible] proche du passé de sa femme, au ca-
[illegible] il venait [illegible] dîner, se couchait [illegible]
[illegible]
[illegible] des [illegible] qu'il [illegible]
[illegible] exprimant le [illegible] de « voir [illegible]

leur passage à Marseille; enfin revenus d'Espagne, avec la passion des voyages, ils allaient tomber chez eux un de ces quatre matins.

— C'est décidé, écrivait Tessier, je fais l'ouverture de la chasse chez toi.

Et il interrogeait son ami sur le genre de munitions qu'il conviendrait d'emporter, sur la qualité des armes; un ca-

— Vous êtes fou! (page 15).

non court adapté au fusil n'était-il pas indispensable pour le bois? tuait-on le sanglier à balle franche? Il terminait par cette phrase admirable :

— S'il y a de grands fauves, préviens-moi, j'emporterai ma carabine Winchester.

Cette humeur vagabonde survenue tout à coup à son paisible ami, étonna Lunel.

— Vraiment, Marielle, n'est-ce pas cocasse?

Elle sourit discrètement. La vérité, c'est que ce voyage

était chose entendue depuis quelque temps déjà entre les deux femmes : d'abord, Micheline qui allait revenir en profiterait pour ne pas faire seule la traversée, et Jeanne, qui ne s'expliquait pas tout à fait le mariage de sa tante, avait hâte de recevoir ses confidences.

Les lettres de Micheline parvenaient régulièrement à la ferme tous les huit jours; la dernière annonçait son arrivée définitive; ses années de couvent étaient enfin terminées. Elle écrivait aussi des lettres gentilles à Lunel, des lettres de sœur à frère, pleines de drôleries parisiennes et elle lui disait : « Mon cher Henri », simplement. Elle adorait les animaux et ne manquait point de demander des nouvelles de sa jument, et de ses chiens.

A la campagne, les réceptions ont une importance capitale, et, dès lors, on vécut dans une joie d'attente.

Lunel pensa que ce serait une occasion de renouer sérieusement avec les anciennes relations de Philippeville et de Constantine, et de prendre un peu de plaisir. Décidément, Marielle n'était pas gaie, et, pénible constatation, la mélancolie ne rajeunit pas les femmes.

Or, un matin de très bonne heure, deux jours plus tôt qu'on ne le pensait, Tessier, sa femme et Micheline débarquèrent à la ferme.

Tessier, vêtu d'un costume de chasse excentrique, fit une entrée triomphale en sonnant de la trompe.

— Té, vé! c'est Tartarin! s'écria-t-il en se jetant au cou de sa tante et de son ami.

Il y avait longtemps que la vie aux Zardézas n'avait été aussi bruyante. Mme de Lunel, tout à l'émotion d'avoir retrouvé sa fille, ravie d'avoir sa nièce auprès d'elle, était presque heureuse, sentant par là que, depuis quelque temps, elle avait cessé de l'être. Elle mit, dans la présence de Micheline, désormais tout son espoir. La gaieté de Tessier, qui eût été insupportable à Paris, emplissait cette solitude et l'animait. Ce gros garçon chassait, montait à cheval, mangeait comme quatre, bavardait comme dix. Il rêvait de se faire musulman pour avoir droit au harem.

— Parfait, mon cher, approuvait Lunel, tu as une si bonne tête de Turc!

Mais la plus noble de ses ambitions était de tuer un lion: comme Tartarin! té! D'ailleurs, il ne disait plus un mot sérieusement, plaisantait à jet continu, répondait de grosses nigauderies méridionales aux quolibets et aux pointes malicieusement lancées par Henri.

Un matin, Tessier s'endormit à l'affût. Il dormait de tout son cœur, le béret sur l'oreille, son fusil à côté de lui, et sa bouche entr'ouverte riait encore... Lunel, chasseur fanatique, s'exaspéra de cette paresse qu'avec raison il jugeait imprudente. Un Arabe aurait fort bien pu lui voler son arme.

Il cria brusquement :

— Eh bien, Tartarin, et ta panthère?

Tessier ouvrit un œil goguenard, finit par s'éveiller tout à fait et se mit à pouffer.

— Qu'est-ce qui te prend, animal? interrogea Lunel.

— Une idée qui m'est venue là tout de suite en te voyant.

— Quoi?

— C'est que t'es un malin, toi!

Et lui tapotant sur le ventre :

— Ah! veinard! va! sacré veinard! On aurait pu au moins dire une petite fois merci à papa.

— Zut! à la fin, tu es trop bête!

— Pas si bête que ça, le soir où je t'ai fait retarder ton départ pour Paris! C'est égal, hein! entre nous, Marielle est une rude dinde!

Lunel, qui sentait la colère le serrer à la gorge, répliqua rageusement :

— Je te prierai de t'expliquer, une fois pour toutes.

— Alors tu m'incites à penser tout haut? On obéit. Eh bien, voilà : que ma cousine eût été ta maîtresse, rien de plus simple, je dirai presque, rien de plus naturel — tu vois que ma morale n'est pas étroite — mais qu'elle soit devenue ta femme, oh! dame ça...

Et comme Lunel faisait mine de se jeter sur lui :

— Halte-là! halte-là! mon vieux, ne prends pas le mors aux dents. Ce que je te dis aujourd'hui tout haut, tout le monde le pense tout bas, et tu le sais bien. Restons ami, va, cela vaudra mieux, je pourrai même t'éviter des gaffes.

Lunel était vert.

— Assez, n'est-ce pas?

— Un mot seulement, le dernier... Tâche de ne pas être trop rosse.

Et tirant sa gourde, il se mit à boire à même de goulot.

Sur la route, près de l'oued Zenati, ils aperçurent Micheline à cheval qui venait à leur rencontre; le chien de Lunel tombait en arrêt : alors les deux amis reprirent la chasse, et, d'un accord tacite, parlèrent d'autre chose.

XV

La bonne harmonie qui régnait aux Zardézas était rompue. Il n'y eut rien de changé extérieurement, mais Lunel gardait une profonde rancune à Tessier, et, à son insu, une sourde animosité s'aigrissait en son cœur contre sa femme, dont il se mit à épier les conversations.

Un jour il l'entendit parler avec Micheline du *fantôme* (c'est ainsi qu'il désignait Dherville) avec une exaltation de détresse, de touchants rappels de bonheur qui exaspérèrent encore son irritation.

Oh! cette conversation, surprise à leur insu :

— Micheline, c'est aujourd'hui l'anniversaire de mon mariage avec ton père. As-tu porté des fleurs là-bas?

Et Micheline, la voix cassante :

— C'est vrai! Il était si parfait, si bon! Pendant deux ans nous avons mêlé nos larmes. Je reconnais que tu en as versé plus que moi, — puis un beau jour, crac! tu trouves, que ça commence à bien faire et tu t'offres dans la personne de mon beau-père une consolation! Non, non, vois-tu je crois qu'il vaut mieux laisser mon pauvre papa tranquille!

Il y eut un court silence.

— Malheureuse enfant, tu me tues! gémit Marielle.

Puis des sanglots, et Micheline cria :

— Pardon, pardon, petite mère, j'étais folle!

— Allons, pensa Lunel, ma femme est décidément une élégie. Quant à mademoiselle sa fille, elle va bien. Cela promet.

Comme il quittait son poste d'observation, il fut rejoint par Tessier, qui revenait de la chasse, le carnier par hasard rebondi. Fort maladroit d'habitude, grisé de son extraordinaire succès, il étalait ses pièces de gibier sur la table de la salle à manger.

— Rien manqué, rien! J'ai décroché ce matin le fusil de Dherville qui est parfaitement à ma couche. C'était un rude chasseur, Dherville; il tirait comme moi au coup d'épaule, et pour cela une couche un peu courte est indispensable.

Agacé, Lunel sortit dans le jardin pour fumer une cigarette et aperçut Nanette en train de cueillir des fleurs.

La vieille en faisait une rafle, pillant parterres, corbeilles, massifs.

— Ça, se dit-il, c'est pour la tombe du « fantôme ».

Et Nanette passa devant lui, sans un mot, droite et sèche avec son plein tablier.

Alors, comme poussé par une force invincible, il se dirigea vers le cimetière, tout au fond de la grande allée, derrière son massif de citronniers. Il aperçut sa femme et Micheline qui priaient.

— Non, mais n'est-ce pas fou, tout de même, s'indigna-t-il intérieurement, d'être condamné à avoir sur son domaine la sépulture de son prédécesseur?... Ah! le macabre vaudeville! Etre obligé de supporter ça chez soi, avec la perspective d'y être inhumé peut-être à son tour : *A la Réunion des Maris!* alors...

Rageusement, il s'en fut vers l'écurie, donna l'ordre à Ahmédo de seller Boughéra, et pris d'un besoin immédiat d'exercice violent, il enfourcha la bête sans même voir Tessier qui, fumant sa pipe sur la terrasse, le regardait s'éloigner d'un air goguenard.

Le ciel était de feu. Le siroco soufflait depuis le matin. Mais Lunel ne s'en apercevait pas, poussant son cheval ruisselant d'écume sur le chemin rocheux qui borde le précipice étroit, dans lequel roulent les eaux torrentueuses de l'oued Kess-Kess.

Combien de temps courut-il ainsi? Où avait-il le projet de s'arrêter? Se dirigeait-il vers un but? n'allait-il nulle part?

Une douleur à la fois confuse et atroce le tenaillait, une douleur dont il ne pouvait distinguer ce qu'elle avait de physique et ce qu'elle avait de moral; ses pensées, ses sentiments bouillaient avec sa chair et son sang, tellement ses membres, ses muscles, ses nerfs, son cœur fou, sa malheureuse cervelle, tout ce qu'il croyait être son âme et son esprit, n'étaient ensemble qu'un seul et même supplice.

Il eut soif, s'arrêta, attacha son cheval à un caroubier et, dégringolant des rochers qui bordent l'oued pour boire au torrent, il grommela :

— Il avait rudement raison, Tessier... Quelle dinde, cette pauvre Marielle!

A deux pas, dans l'anfractuosité des rocs rougeâtres, une sorte de grotte pleine de fraîcheur s'offrit. Il voulait voir clair dans ses idées, démêler ce qui se passait en lui, autour de lui, prendre une résolution si elle était encore à prendre, se tracer une ligne de conduite. Mais sa pensée fuyait, distraite par le paysage environnant. A côté de lui, une source chantait dans les capillaires; et les pampres, les myrtes s'entrelaçaient autour des lauriers-roses en fleurs qui piquaient de notes vives la verdure environnante.

A chaque instant, des oiseaux venaient boire, ensuite disparaissaient dans l'épaisseur du bois. Il prit des pierres et s'amusa à les lancer dans l'eau.

— Tiens, je fais des ronds! dit-il tout haut.

Puis, jetant une cigarette à demi consumée, il poussa un juron formidable. Un merle l'interrompit en sifflant.

Redevenu maître de lui, il comprit combien sa colère avait été puérile et sotte.

Boughéra, qui avait soif, se mit à hennir. Lunel abandonna sa cachette, se remit en selle, et, les nerfs un peu détendus, reprit au pas le chemin de la ferme.

Tout à coup il s'entendit héler, se retourna et vit Micheline, qui courait derrière lui. Il fit faire demi-tour à son cheval.

— Eh bien! qu'est-ce qu'il y a, petite amie?

— Rien, je vous ai appelé pour vous rejoindre, voilà! Puisque vous renoncez aux allures vives, cheminons ensemble. Est-ce que par hasard ma compagnie vous déplairait... autant que celle de mon oncle Tessier?... Ne répondez pas, c'est inutile. Je veux seulement vous gronder, car vous m'avez fait une frayeur! Vous êtes parti comme un fou. Boughéra doit être fourbu!...

— Mais non, mais non, je vous affirme. Nous nous sommes bien reposés, dit-il un peu penaud.

— Pauvre bête, fit-elle en caressant l'encolure du cheval. Cependant comme j'étais sûre de vous, très sûre de lui surtout, je n'ai pas d'abord été inquiète. Mais en descendant le djebel Grebissa, j'ai vu Boughéra tout seul qui piaffait et j'ai redouté un accident.

— Vraiment, vous avez eu peur pour moi?

La jeune fille se mit à rire d'un rire frais.

— Parbleu, vous êtes le seul ici avec qui on ne s'embête pas. Où étiez-vous donc? Je parie que vous vous êtes fourré dans le bois pour faire des vers? Voudriez-vous me réciter votre sonnet, monsieur le poète?

— Vous me flattez, je pêchais à la ligne!

— J'aurais dû m'en douter. Eh bien, moi, je me suis offert un bain, je ne vous dis que ça! J'ai découvert près do Koudia-Dzrib un endroit où le Saf-Saf, enclavé dans des rochers à pics, se donne des airs de petit lac. Il est très profond et d'une fraîcheur! Un coin tout à fait inabordable.

— Vous êtes folle de vous baigner seule! Ces sortes de goulets sont remplis de tourbillons... Oui, je sais, vous êtes une nageuse intrépide! N'importe, c'est un principe, on ne doit jamais se baigner seul!

— Ah! zut! moi je n'aime que la baignade solitaire. Vous croyez peut-être que ce sont des bains, les petites trempettes que l'on se paie à Trouville ou sur les plages selects en costume élégant et inconvenant, des bas, un corset; on ne se mouille même pas. Ce que j'adore, moi, c'est la caresse de l'eau vive, au milieu de la belle nature, où les arbres et les rochers seuls vous manquent de respect. C'est délicieux!

Elle disait cela sans rougir, naïvement.

Lunel eut une seconde de trouble.

— Croyez-moi, ce que vous faites est très imprudent. Je sais bien que les rochers de Koudia-Dzrib sont uniquement habités par des vautours très insensibles à vos charmes évidemment, mais votre retraite n'est pas si bien cachée que les Arabes ne puissent vous y surprendre et...

— Et?

— Et vous manquer de respect, comme vous dites, dans les grands prix.

— Vous avez raison, je n'y ai jamais songé, grondez-moi.

— Je veux seulement vous empêcher de faire des folies.

— On tâchera. Mais ce que je m'ennuie ici! Je ne sais qu'imaginer pour tuer le temps. Ce serait à mettre le feu à la baraque, histoire de se procurer une émotion... Maman pleure, et depuis quelque temps vous êtes loin d'être folichon, je vous assure.

Elle soupira en ajoutant :

— Que voulez-vous? Chacun prend son chagrin où il le trouve. Souvent, moi aussi, je pense...

— A quoi?

— Eh bien à qui?

— A mon père... Combien je l'aimais! Comme il était bon! ah! si je l'avais aujourd'hui!

— V'lan, pensa Lunel, ça y est! Encore le fantôme!

La capricieuse fille secoua mélancoliquement la tête.

— Quelle bête d'idée de parler de ces choses, à vous surtout!

— Oh! répliqua Lunel énervé, on oubliera... et nous aurons encore de beaux jours...

— De beaux jours, de beaux jours, nous n'en aurons guère!

Et du doigt montrant là-bas le petit bouquet de citronniers :

— Il y a des tombes, ami, qui ne se ferment jamais!

XVI

Jeanne Tessier poursuivait Marielle de ses questions sans aucune adresse, d'ailleurs, comme sans aucune discrétion.

— Enfin tu regrettes de l'avoir épousé? demanda-t-elle un matin, au bout d'un long interrogatoire entremêlé des louanges de Marius, pour faire opposition au silence de Marielle sur Henri.

— Je me le reproche, dit à la fin Mme de Lunel. Oui, je me reproche de l'avoir épousé, je me reproche aussi... de me le reprocher.

— Et à lui, tu ne reproches rien, vraiment?

— Rien. Il m'a d'abord aimée... pas très fort, mais si son amour avait pu s'alimenter au mien, peut-être aurait-il grandi suffisamment pour qu'il fût capable de durer?

— Tu es une drôle de femme! s'exclama Jeanne d'une nature simpliste et en qui la vie végétative étouffait le sens critique.

— Je ne sais pas. J'ai peur d'être surtout une femme qui a manqué de jugement et de fermeté. J'ai été très faible envers moi-même, car la vie m'a effrayée après mon veuvage... M'eût-il fallu un autre homme qu'Henri? je ne le crois pas, mais je suis sûre qu'il lui fallait, à lui, une autre femme que moi. Mon erreur a été de m'imaginer que ce besoin d'aimer, qui me poussait encore à la recherche de nouvelles tendresses, était réel et non pas seulement l'effet d'une habitude reliée aux meilleurs souvenirs; ce besoin d'aimer n'était que tout le passé lui-même et il ne trouvait d'ardeur qu'à se consumer, non à se réunir et à s'unir avec un autre. Alors Henri s'est détourné...

Jeanne, avidement, sauta sur ce dernier propos :

— S'il s'est détourné comme tu le dis, il faut penser que ton mari te fait des infidélités?

— Je n'ai aucun droit de penser cela... Son amour pour moi s'est découragé; rien ne me prouve qu'il l'ait reporté ailleurs.

— Dans ce cas, vous êtes aussi bizarres l'un que l'autre.

Mais Mme de Lunel continua.

— Il y a des amours qui ne durent que quelques années, il y a des amours aussi longues que la vie, enfin, il en est d'autres qui survivent après la mort de l'un des deux amants ou de l'un des deux époux, et là-dessus on ne greffe rien de bon, c'est inutile. Nous avons essayé : tu vois les résultats. Il s'en est suivi des joies si courtes! Maintenant, est-ce la faute d'Henri? Je reconnais que non.

— Moi, je soutiens que si.

— Pourquoi? En quoi sa faute ? Pouvait-il, avant de m'épouser, connaître comme moi ce qui se passait en moi, veuve et toujours dominée par mon ancien bonheur?

— Bah! je suis bien sûre qu'il y a des hommes à la place d'Henri qui t'aimeraient quand même; ils surmonteraient ces influences dont tu parles et que d'ailleurs tu exagères sans doute... Tiens, Marius, par exemple, eh bien! Marius, lui, se trouverait dans une pareille situation vis-à-vis d'une femme, je te jure qu'elle ne s'apercevrait jamais qu'il ne l'aime pas ou qu'il l'aime moins... je te le jure!...

Marielle la considéra incertaine, et fit un effort contre l'envie qu'elle avait de mettre trop brusquement un terme à leur entretien.

— Nous ne nous comprenons pas, je le vois! dit-elle avec douceur.

— Mais si, mais si! Tu auras beau par générosité défendre ton mari, demande au mien : charmante comme tu l'es, dans l'âge le plus avantageux des jolies femmes pour les

Cela! C'était donc cela!... (page 49).

hommes qui s'y connaissent, tu ne devrais pas être délaissée.

— Mais, Jeanne!...

Sa nièce ne voulait rien entendre

— Qu'est-ce qu'il leur faut aux hommes? Et puis! qu'est-ce qu'on appelle l'amour? Dans un ménage comme le vôtre, où il y a de l'argent, où tu as le charme, où il y a l'intelligence et la santé, où le plaisir par conséquent ne dépend que de la volonté...

Plus elle allait, plus elle disait de bêtises...

[...] il y [...] un sourire d'indulgence et elle [...]

— Mais, ma pauvre Jeanne... hasardait-elle de temps en temps, toujours bien vainement.

L'autre était persuadée qu'elle arriverait à convaincre sa tante. À la fin, elle émit ce conseil :

— Oh ! mon Dieu, si tu es dominée par ton ancien bonheur, fais comme beaucoup d'autres femmes, après tout, continue de penser à lui en te donnant au second. Où est le mal ? On est seule à le savoir, n'est-ce pas ?

— Chut ! Tais-toi, de grâce ! Ne dis pas cela !...

Marielle se repentait à présent de n'avoir pas coupé court plus tôt à cette conversation, et la jeune madame Tessier, dans sa parfaite inconscience, persistait :

— Mais, ma chère, Marius lui-même ne te dirait pas autre chose. Crois-tu qu'il n'arrive à aucun mari et femme d'avoir leurs idées ailleurs, souvent ? On ne s'en parle pas, voilà tout, et l'on est heureuse quand même.

À la mine de Mme Lunel, elle soupçonna pourtant que ses paroles étaient loin d'avoir le succès espéré.

Le même soir, quand Marius et sa femme se retrouvèrent seuls dans leur chambre, Jeanne annonça :

— J'ai dans la tête que nous ferons bien de ne pas rester ici plus longtemps. Henri ne peut pas te souffrir, c'est manifeste, et ma tante commence à me prendre en grippe...

— Il en est toujours ainsi. Nous avons voulu faire leur bonheur !

— Oh ! oui ! mais elle ne se contente pas de celui de tout le monde, elle. Ce brave Henri ne peut lui faire oublier l'autre.

— Et lui, à présent qu'il a une jolie femme, riche, toute faite pour goûter et pour donner de la joie, il n'est pas content.

— Laissons-les se débrouiller, voilà mon avis. Autrement cela tournera contre nous, si ce n'est déjà fait.

— Té donc !

XVII

Les Tessier partis, l'existence aux Zardézas reprit son cours uniforme et triste. Lunel qui avait pourtant quelques amis parmi les officiers en garnison à Constantine, ne les invita guère, mais s'enliza de plus en plus dans sa solitude. Il eût fallu un observateur sagace pour découvrir combien étaient éloignés d'âme ces trois êtres qui, sous le même toit, vivaient en une apparente harmonie, trop correctement po[...] ils trop respectueux de leur liberté à chacun, mais sans confiance ni abandon.

Deux années s'écoulèrent.

Deux années n'apportant aucun changement, ne faisant qu'accentuer le malaise dans ces trois existences, deux années indifférentes et plates dont tout le rôle ne devait être que de relier des choses à d'autres choses.

Si éloignés que fussent les Zardézas du vieil hôtel de Lunel à Riom, Henri eut plus d'une fois l'impression que pendant toutes ces heures, tous ces jours, toutes ces semaines, la parole était uniquement un balancier de la pendule en ab[...]bre, comme entre sa mère et lui, naguère lorsque tout discours et sentiments paraissait aboutir à une impasse.

Peut-être les années auraient-elles raison de l'impasse ?

On était au commencement d'octobre, sous un ciel perpétuellement chargé d'orages. Des pluies torrentielles tombaient qui faisaient les châtelains prisonniers. Henri et Mi[...] céline jouaient d'interminables parties de billard, Mme de

[...] plaisir de soleil. Dans [...]
[...] le long des [...]

Un soir, cependant, il demeura auprès de la jeune [...]
Sur la terrasse, elle avait une lampe [...] entre [...]
lui. Ennuyé, veule, n'ayant pas le courage d'aller jeter [...]
coup d'œil aux écuries, esquissant même [...]
prendre un livre. Le regard au loin, il devait être [...] tellement
absorbé que deux ou trois questions qu'elle lui fit restèrent
sans réponse. Marielle fut frappée de l'altération de ses
traits. Comme il devait souffrir !

Éternellement naïve, elle s'inquiéta ; un remords lui vint
de cette froideur qui la prenait et l'enlevait à [...] aux
aux heures d'intimité. Pourquoi cette gêne presque [...]
que d'elle à lui ? Leurs âmes comme leurs corps ne s'étaient
[...] pas, [...] s'étaient jamais entendus. Mais, de le voir
malheureux, elle éprouva l'impérieux besoin de le consoler.
Elle lui demanda son bras pour faire un tour de jardin. Lui,
par un effort de volonté, se ressaisit, parla de choses insi-
gnifiantes.

De propos en propos, ils marchaient toujours, ayant
quitté les parterres, prolongeaient leur promenade. Elle se
laissait conduire, mais il n'était pas du tout à la direction
que prenaient leurs pas et croyait seulement régler les siens
sur ceux de sa femme.

Absorbés qu'ils étaient au fond d'eux-mêmes, ils [...]
chèrent point [...] dans les [...]
tombeau de M. Liberville apparut devant eux.

— Nous devrions y venir un jour ensemble, dit simplement
[...]

Ils se tenaient là, en face de la pierre, muets, au bras l'un
de l'autre, avec une envie de se dénouer et n'osant pas, crai-
gnant de donner à ce geste une signification.

Cependant, au bout de quelques instants, Marielle murmura :

— Voulez-vous que nous rentrions ?

Il évita d'y mettre le moindre soupçon d'empressement, at-
tendit encore un peu.

Pas un souffle n'arrivait jusqu'aux citronniers, pas un
bruit de l'habitation ou des champs. Le sentiment de leur [...]
[...] Sans ouvrir la bouche, ils [...]
[...] bouquet d'arbres.

L'air humide était chargé de parfums et les couleurs [...]
[...] feuillages s'alignaient déjà au fond de la vallée, les
choses devenues floues se noyaient dans une demi-grisaille.
On entendait au loin le « hout ! hout ! » plaintif d'un cra-
paud.

Lionel racontait une histoire de Paris, coupant des [...]
[...] d'un coup de canne sec et nerveux.

— [...] il ! Pas drôle, la misère que je faisais, [...]
il y avait de bons moments tout de même.

— Mon pauvre Henri ! lui allez-vous [...] vous [...]
plus de bons moments ! Nous n'en avons plus. Vous [...]
[...] par moi !

Elle se jeta à son cou. Un rayon brutal de soleil cou-
chant la frappait en plein visage et son mari eut une vision
subite et cruelle des ravages amenés par [...]
[...] doux cheveux grisonnaient, des touches d'un [...]
[...] quelques plis se creusaient [...]

Il eut un moment de pitié [...]
[...]
[...] tout, ma chère [...]
[...]

des doigts. Cette sorte de caresse, qui paraît indiquer le paroxysme de l'énervement, fut atroce.

— D'ailleurs, continua-t-il, nous sommes à l'âge où... les affections se transforment, il ne faut pas demander à la vie l'impossible, mais, croyez-moi, vous n'avez pas d'ami plus dévoué que moi.

— Oui, la vie est vilaine, je le sais. Nous aurions pu nous aimer beaucoup. J'étais si gaie autrefois. Comment faire?

— Faire quoi? fit Lunel sourdement irrité.

— Je ne sais pas. Ce que vous voudrez. Tout ce que vous voudrez. Je ne puis plus vous voir souffrir ainsi.

— Moi non plus. Tenez, laissez-moi retourner à Paris, à mes bouquins.

— Non, je vous en supplie, ne partez pas. C'est moi qui m'en irai. Ce sont tous ces souvenirs qui sont ici qui me font mal. Quand je reviendrai au printemps prochain, je serai convalescente, vous verrez, et si je ne guérissais point, je vous le jure, alors nous prendrions une détermination... Laquelle? Je n'en sais rien. Vous ferez tout ce qu'il vous plaira. Vous êtes le maître, mon ami, ne l'oubliez pas.

— Soit, dit Lunel.

Ils s'embrassèrent, se regardèrent dans les yeux longuement, tristement. C'était comme un adieu muet qu'ils venaient de se donner, car tous deux, malgré leur vouloir, avaient entrevu l'irréparable. Alors de se sentir si loin l'un de l'autre, un attendrissement les saisit; si court qu'eût été leur amour, il saigna d'être complètement brisé.

Le ciel flambait, inondant de pourpre légère la terrasse du château où, belle et jeune magnifiquement, Micheline se dressait, les bras chargés de fleurs.

Elle cria :

— Eh! là-bas! on s'oublie dans les délices du soir!...

XVIII

Micheline portait maintenant toute la splendeur de ses vingt ans. Grande, forte, d'une souplesse de liane, elle était charmante d'imprévu et de grâce, avec ses yeux ardents, d'un violet intense, ses dents blanches, ses lèvres trop rouges et son profil fin sous le casque des cheveux châtain bleu. Son caractère se précisait, entier, fantasque, inquiétant.

Elle et Henri étaient devenus camarades. Une affinité réelle, moins qu'apparente, les rapprochait : même insouciance factice, même observation aiguë parfois cruelle. Prodigues d'esprit l'un et l'autre, ils avaient la riposte aisée; la pensée souple et le mot que l'on décoche comme une flèche.

Micheline considérait son beau-père comme un homme pas banal et d'un commerce plus agréable que celui des petits snobs susceptibles de lorgner sa dot. Ils étaient toujours heureux ensemble à courir les bois, à chasser et à peindre, car Micheline était revenue de Paris avec une vraie fringale d'aquarelle, et Lunel, qui savait un peu mêler et poser les couleurs, l'aidait de ses conseils.

Ils vivaient réellement en frère et en sœur qui s'aiment bien, et, pour eux, les jours aux Zardézas s'écoulaient vite; leur égoïsme fuyait la tristesse de Mme de Lunel alanguie en sa solitude.

Cependant, avec les chaleurs, il devint impossible de sortir dans l'après-midi; chacun montait chez soi pour la sieste. On s'installait confortablement; de larges courants d'air balayant la grande galerie mauresque du premier étage. Lunel, affublé d'une gandourah, s'étendait sur une chaise-longue en osier et dormait à poings fermés. Mais un jour, son chien, qui, par hasard, l'avait suivi, le réveilla en sursaut en lui léchant les mains. Oh! le mauvais rêve... Il avait dû crier, appeler, voilà pourquoi Bob était venu à lui!...

Lunel se rappelait maintenant, et son cœur battait à tout rompre : un oiseau noir aux ailes immenses avait longtemps plané au-dessus de sa tête, puis tout à coup s'était abattu sur sa poitrine, se collant à lui, enfonçant ses serres dans sa chair vive. Ce fut horrible... il suffoquait encore!...

Alors il plongea dans l'eau son visage congestionné; au bout de quelques minutes, il se sentit mieux, alluma une cigarette; mais toujours obsédé par le souvenir de cet épouvantable cauchemar, ayant besoin de changer de place pour s'en distraire, et ne voulant à cette heure réveiller ni sa femme ni Micheline, il se rendit aux écuries où il pensait avoir de l'ombre.

Lunel traversa l'écurie dans toute sa longueur; le relent d'étable lui souleva le cœur et il sortit par la porte opposée. Brusquement il fut aveuglé par la grande lumière, écrasé sous le soleil de plomb; on eût dit que tout flambait. Mais à gauche, tout près, un massif d'oliviers et trois énormes caroubiers aux branches touffues formaient ombrage : au-dessous d'eux coulait la fontaine alimentant l'abreuvoir. Certain de trouver là un peu de fraîcheur, il s'enfonça dans l'ombre verte des arbres aux ramures entrelacées.

Tout à coup il s'arrêta : devant lui, entre les deux plus gros caroubiers était tendu un hamac. Micheline, vêtue d'un costume de bain, dormait. Une de ses jambes nerveuses, d'un blanc nacré, bleuie d'un réseau de veines fines, pendait hors de la couche aérienne, et le galbe du mollet, la finesse de la cheville, la distinction du pied troublèrent Lunel. Cependant, il s'était souvent baigné aux mêmes endroits qu'elle, et ce qu'il connaissait de sa nudité ne l'avait jamais ému. Et voilà qu'à présent la vue de cette jambe l'affolait, sa bouche devenait sèche.

Il avança d'un pas, la vit les cheveux défaits, la tête en arrière, la bouche entr'ouverte, les bras jetés de chaque côté du hamac, le corps abandonné dans un mouvement inconscient...

De l'ouverture de la blouse, un sein frais, jeune, hallucinant, se cabrait, la pointe en l'air... Et il approchait, approchait encore; maintenant l'aisselle de la jeune fille lui frôlait presque le visage et de la tache fauve soulignant brutalement la blancheur du corps, un parfum amer et chaud se dégageait.

Hypnotisé il restait là, cloué sur place, très pâle... Il voulut voir, voir encore, il entr'ouvrit la chemise; sa main tremblait... Micheline leva lentement ses larges paupières. Au-dessus de ses yeux, deux grands yeux de luxure entraient en elle, fouillaient son corps, la brûlaient... Des ondes voluptueuses s'épandirent. Elle serra les lèvres, se crispa; Lunel sentit qu'il allait la prendre, la river à lui sous le soleil...

Cependant, il finit par s'arracher à l'exaspérante folie et il s'enfuit, se jeta dans les herbes hautes...

XIX

Micheline continua de traiter Lunel en ami, bien que désormais ils ne pussent se revoir sans trouble. Malgré leurs efforts, l'impression si violemment ressentie sous les caroubiers demeurait inexorable.

Lunel se cherchait des circonstances atténuantes : sa longue continence, l'énervement du climat torride, ce terrible vent du sud allumeur de fièvre... Peines perdues! Harcelante, sans trêve, hantait sa pensée l'image de Micheline endormie.

et il pâlissait lorsque la jeune fille, posant sa botte fine dans ses mains croisées pour s'asseoir en selle, le corps moulé dans le fourreau de l'amazone, le frôlait.

Un matin, Marielle questionna :

— Et votre passion d'aquarelle? Cette fameuse pochade à la grotte des Pigeons, qu'en faites-vous?

Pour échapper à l'inquiétant tête-à-tête, Henri chercha un prétexte; au moment de parler, sa volonté fléchit; ne faudra-t-il pas un jour ou l'autre, demain ou ce soir, se retrouver encore seuls à seuls?

Micheline hésita, puis elle dit simplement :

— Allons!

Tous deux, armés de leur léger bagage de peintre amateur, prirent la route de l'Oued-Zenati, puis s'engagèrent dans un sentier de chèvres, surplombant un torrent couronné d'un dôme de végétation luxuriante et folle. Des plantes immenses, bizarres, exhalant un parfum vénéneux, s'élançaient, s'enchevêtraient, s'enroulaient dans les roseaux avec des attitudes de reptiles; de grosses fleurs couleur de chair s'entr'ouvraient, telles des lèvres monstrueuses.

Autour d'eux volaient des pigeons cherchant les coins les plus abrités, parce que dans le creux du rocher les courants d'air sont vifs et passent en sifflant à travers la crevasse.

Leur « motif » s'encadrait merveilleusement! Cette grotte féerique enguirlandée de liserons et de lierre, ces eaux jaillissantes formant un lac minuscule, un bijou de lac, enchâssé dans la verdure comme un diamant dans une émeraude? tout le paysage semblait irréel comme une conception de poète. Dans le ciel d'un bleu violent, des ailes blanches ou grises zigzaguaient.

— Micheline, avez-vous de l'outre-mer? Il me faudrait aussi de la laque carminée pour obtenir un violet très fin qui doit me servir à poser mes dessous.

— Voilà, mon ami, j'ai lavé mon ciel entièrement. Je n'ai pas réservé le blanc pour mes colombes, je vais être obligée de gouacher. Tant pis!

Pendant une heure, ils travaillèrent.

Lunel, par mégarde, ayant peint dans le frais, venait de faire une tache qu'avec son éponge il essaya d'enlever; mais la maladresse était irréparable.

Mécontent, il abandonna sa pochade et vint s'asseoir à côté de Micheline, qui parvenait à rendre la tonalité relativement exacte, l'effet désiré.

Le soleil montait; et malgré leur parasol, la chaleur devenait intolérable. Lunel avait enlevé sa veste.

— Vous avez de la chance, lui dit Micheline, de pouvoir ainsi vous mettre à votre aise. Moi, je suis en nage.

— Quittez donc votre blouse, vous pouvez bien peindre les bras nus.

— C'est vrai!

Henri l'aida à se dévêtir.

Elle avait un cache-corset en toile fine, très haut, lequel, en effet, lui laissait seulement les bras découverts.

Dans le silence profond de cette solitude, au milieu de la gamme des fleurs capiteuses, Henri, les yeux fixés sur la blancheur des bras, ne sachant que dire, la complimenta sottement sur ses biceps.

Des essaims de papillons blancs et jaunes et bleus et couleur de feu tourbillonnaient devant eux d'un battement d'aile muet et effréné comme dans le vertige d'une trop forte joie, passant d'une île de fleurs à une autre île de fleurs, attendus partout avec délices en des abandons d'extase..

Micheline, son étude devant elle, la laissait sécher avant d'ajouter ici et là quelques accents. Elle s'essuyait le front et Lunel s'émut à voir le rythme précipité des seins sous la batiste. Il se pencha pour regarder l'aquarelle; sa moustache mousseuse frôla l'épaule. Son cœur battit à tout rompre. Oh!

l'affolement de cette chair exquise, si près! Il y jeta ses lèvres goulûment.

Micheline se dressa :

— Vous êtes fou!

Des larmes roulaient le long de ses joues; elle était livide.

Devant eux, continuant d'aller et venir en zigzags, les ailes blanches ou grises rayaient le bleu violent du ciel. Un froufroutement se percevait comme du velours frôlant des soies, lorsque dans l'ivresse de leur vol, quelques ramiers se rapprochaient pour virer aussitôt d'une courbe brusque. Et plus bas, autour d'eux, presque à portée de leurs mains, sous cette lumière embaumée qui grisait les oiseaux en plein ciel, le tournoiement multicolore des papillons ne cessait pas, ne ralentissait jamais son silencieux vertige.

Luhel, stupide, ne trouvait rien à dire. Il se leva pour al-

Elle le toisa d'un tel regard, si méprisant et si froid...

ler boire à la source; puis ayant mouillé son mouchoir, s'a-
genouilla devant la jeune fille, et lui lava doucement les
yeux.

Sans parler, ils refermèrent leurs boîtes de couleurs, et, tristes, angoissés, reprirent le chemin de la ferme.

Près d'arriver, Micheline murmura :

— Vous étiez fou, n'est-ce pas ?

Mais lui, les yeux sur elle, ne répondit rien.

Comment oser lui parler encore ? A plusieurs reprises, elle en eut une envie terrible. A plusieurs reprises, elle cher-cha son regard : il ne le dérobait point, seulement son vi-sage restait de pierre, immuable, impénétrable. Un masque de volonté couvrait le désir; et cette volonté-là, qui donc, quelle pauvre petite fille comme elle, saurait l'entamer ou la détourner ?

Et voilà que, dans la grande nuit, Micheline sentit, charrié dans son sang, la volupté du baiser de la grotte. De sa fenê-tre ouverte, elle aperçut les étoiles frissonnantes... La tiédeur de l'air, les rumeurs insaisissables des mondes assoupis alternant avec un langoureux silence, tout lui devint caresse, tentation, énervement.

Dans son lit, ravinée d'insomnie, une fièvre de savoir, de frémir jusqu'au paroxysme, la brûla, défaillante, sous la représentation du possible.

Elle s'endormit à l'aube avec cette idée nette :

— Il faut en finir ; dans deux mois je serai mariée.

XX

Des journées suivirent où la gêne entre eux fut atroce.

Le soir, après la journée brûlante, on restait à flâner sur la terrasse par ces nuits si claires, si transparentes, qu'il semble toujours que l'aube va poindre.

Une douceur s'épandait de partout, des arbres prochains qu'agitait un souffle de brise, du lointain gris où tremblaient des formes, du ciel constellé, et l'on n'entendait que le chant monotone des grillons dans l'herbe attiédie, penchée sous la brume, le cri aigu des oiseaux nocturnes, l'aboiement perdu des chacals et ces mille petites voix — l'âme des choses — qui bruissent en sourdine quand vient la nuit.

Mme de Lunel rêvait à « Lui » sans doute, car ils s'étaient aimés par des soirs pareils...

Micheline se leva :

— Bonsoir, maman; bonsoir, Henri; j'ai un peu de migraine, je vais me reposer.

— Moi, c'est drôle, je n'ai pas du tout sommeil, dit Lunel. A propos, Micheline, voulez-vous me remettre le dernier numéro de la *Nouvelle Revue* que je vous ai prêté?

— Si vous redoutez une insomnie, il y a, en effet, un article d'économie politique que je vous recommande. Une seconde, je vous l'apporte.

— Mais non, je vais aller le chercher moi-même. Je monte avec vous.

Elle eut peur, une peur atroce !

Une fois seuls Lunel parla avec une hâte fiévreuse.

— Micheline, il faut absolument que l'un de nous deux s'éloigne. Il le faut, entendez-vous ! Moi, ce n'est pas possible, mais vous, allez-vous-en ! Depuis un mois, vous êtes invitée chez les Ritter, à Philippeville. Partez, je vous en supplie.

— Vous avez raison, mon ami. Merci. Oh ! merci !

Et ils se serrèrent la main dans un sentiment de délivrance.

Lunel revint s'asseoir sur la terrasse, fuma des cigarettes, mais troublé à tel point qu'il lui fut impossible de réunir deux idées. Aussi bien, toutes réflexions étaient désormais inutiles; Micheline partait; elle partirait demain soir.

Mais, en plein contentement, quelque chose de malsain, de corrosif, d'exquis pourtant, s'était infiltré dans ses veines, tel un poison. Ses saines résolutions subjuguées défaillaient. Son cœur, sa chair, sa pensée n'étaient plus à lui. Il se sentit alors vraiment le jouet d'un être « hors de ce monde », d'un être qui se divertissait à le voir souffrir et lutter, comme les enfants s'amusent à voir souffrir et lutter un papillon qu'ils ont jeté à l'eau, les ailes arrachées.

Le lendemain, à déjeuner, Mme de Lunel raconta qu'elle venait de recevoir une lettre de son notaire : sa présence à Constantine était indispensable.

— J'avais oublié, dit-elle, de vous faire part de mes intentions, oh! si naturelles, d'ailleurs... Voici : pour éviter des difficultés ultérieures et prévoir tous événements, j'ai pensé —

et M⁰ Laborde est de mon avis — qu'il serait bon de faire émanciper Micheline. De cette façon, ma fille, quoi qu'il arrive, tu pourras, sans attendre ta majorité, entrer en jouissance de la fortune de ton père. Il va falloir réunir le conseil de famille, que sais-je encore ? Ces formalités sont toujours très longues.

— Alors, maman, tu pars ce soir ? Mais, moi aussi je désire partir. Tu sais que je suis invitée et réinvitée chez les Ritter. J'ai accepté et, décemment, je ne puis retarder plus longtemps ma visite.

— Je croyais que tu tenais peu à ces relations ! En tout cas, sois sans inquiétude. J'ai écrit à Mme Ritter pour t'excuser, prétextant précisément les voyages que tu vas faire à Constantine pour...

— Mon émancipation ! Alors, décidément, je m'émancipe.

Elle essaya quelques plaisanteries mal venues et se mit à rire d'un rire qui sonna faux.

— Marielle, vous avez là une excellente idée, dit Lunel ; cependant pourquoi ne pas laisser Micheline aller à Philippeville où vous la savez impatiemment désirée. Le notaire ne la réclame pas d'urgence.

Mme de Lunel alla chercher la lettre même du notaire : « Aucun acte n'est possible sans la présence de Mlle Dherville », et elle démontra ainsi que ce n'était pas pour Micheline le moment de s'absenter. Henri n'insista plus.

Marielle allait donc d'abord partir seule, puis les premières formalités une fois achevées, elle reviendrait aux Zardézas chercher Micheline.

En accompagnant sa femme en voiture jusqu'à la gare du col des Oliviers, Lunel ne cessa de parler affaires, très intéressé à des résolutions qui, en réalité, ne le préoccupaient nullement. De retour à la ferme, il fit dételer et repartit aussitôt à cheval pour El-Arrouch.

Ses nouveaux amis, ce nouvel entourage qu'il s'était fait pendant l'absence de sa femme et de sa belle-fille et dont il se réjouissait de n'avoir plus besoin maintenant, allaient lui redevenir nécessaires tant qu'il serait obligé d'éviter Micheline. En réalité, il avait beaucoup trop exclusivement vécu de la vie des Zardézas, le monde s'était un peu réduit pour lui à Marielle et à Mlle Dherville, aux travaux de culture et d'élevage ; il se reprochait de n'avoir pas assez cherché au dehors de quoi combattre l'isolement entre une femme lasse et se décourageant d'aimer, et une jeune fille arrivée à l'âge où l'on ne songe, au contraire, qu'à aimer. Mais il était bien tard pour apercevoir ces vérités.

Longtemps il s'attarda au café, prêtant une attention rare aux discussions relatives aux prochaines élections municipales ; il fit plusieurs parties de piquet avec le maire et le docteur et ne se décida à rentrer que très tard.

Pendant la route, les paroles de sa mère, dans la chambre toujours sombre, toujours triste du vieil hôtel riomois, lui retentirent aux oreilles, entrecoupées très nettement par le tic-tac usé mais presque mélodieux de la pendule. Puis la figure de son ami Pontal fut devant lui ; on ne s'était guère rencontré, depuis le dîner au restaurant, et les plaintes du médecin sur la solitude, la longue solitude de toute une existence, remplacèrent les phrases désolées et prophétiques de la marquise.

— Parbleu ! je ne suis qu'un sot, pensa tout à coup Henri de Lunel, si je n'écris pas à ce brave Pontal de venir nous rejoindre pour une couple de mois ici. Pourquoi ne lui ferait-on pas épouser Micheline ?

Il ajouta dans un rire extérieur :

— Je veux être son Marius Tessier !...

Entendu ; la lettre serait faite en arrivant. C'était une idée admirable qui lui était venue là. Ce voyage, Henri s'arran-

une imagination ardente, pendant qu'il [illegible], peu
[illegible] la farine.
[illegible] mordant l'oreille, et épiant qui des lumières de la fenê-
tre de la chambre de sa belle-fille par son courage qui à lui
[illegible]. Cette chambre dont il connaissait [illegible] de
[illegible], il se rappelait le [illegible] parfumé. Par l'imagination, il
[illegible] rayon de lumière qui barrait l'oreiller, [illegible]
[illegible] brillait sur une épingle tombée ou sur la pointe
[illegible] demi-bottine, glissait sur le lit, caressait une main de
[illegible] mourir sur le bras nu. Là, une étreinte ner-
[illegible]. Il piqua des deux et mit Boughera au galop. Puis,
À peine descendu de cheval, il alla se jeter sur son lit, passa
la nuit à se retourner, à essayer de dompter la bête révolté[illegible]
[illegible] en lui.

Le lendemain, de très bonne heure, il était au moulin, donnant des ordres et comptant des sacs de farine.

Micheline et Lionel ne pouvaient cependant l'éviter aux heures des repas, et en se mettant à table, ils n'osèrent se regarder, se composant mal eux des attitudes devant la vieille
Nabette, qui desservait la jeune fille, nerveuse, [illegible]
[illegible] doigts les bords de son assiette vide.

Pontal ne répondra pas à temps, calculait Henri; d'ailleurs,
il aurait fallu qu'il fût ici tout de suite, et il se répétait
[illegible] Allemoe le péril devenait pressant.

[illegible]

Mais sa belle idée de la veille, [illegible] les rayons de la
lune sur le chemin d'El Arrouch lui parut subitement fan-
tastique, absurde.

Je n'avais pourtant pas trop vous pensé [illegible], mais
[illegible] ici on perd l'habitude de tout, des réunions, du [illegible] et
[illegible] même du bon sens. Ensuite un rien vous excite, [illegible] il
[illegible] cette espèce de pensionnaire que je finis par prendre
pour une femme désirable.

D'ailleurs était-ce propre de vouloir la marier à Pontal dans
de pareilles conditions, simplement pour l'épargner, un jour
[illegible] d'autres malappris ? Alors surgit en lui cette [illegible]

[illegible]

[illegible] La veille, pourtant, [illegible] Micheline rencontra [illegible]
[illegible] son beau-père. On [illegible] qui déjà l'avait per-
[illegible] dans sa [illegible] avait la caresse imper[illegible]. Il lui
[illegible] se laissa arracher quelques [illegible] dans [illegible]
elle [illegible] très troublée.

Excusez-moi, Henri, la chaleur est atroce, je monte pour
[illegible] sieste.

Ma foi, répliqua-t-il, la voix blanche, je vais [illegible] faire
[illegible] et il [illegible] derrière elle.

Comme ils [illegible] sur le palier, brusquement il lui [illegible]
[illegible] les lèvres, [illegible], puis se [illegible]
[illegible] Aussitôt il voulut se [illegible]
[illegible] cœur, dit-il tout haut, je vais [illegible]
[illegible] vous [illegible] troublant [illegible]
[illegible] Dominé par la [illegible]

— ... chère maman ! s'écria Micheline en voyant entrer.

Lunel, à ce moment précis, crut comprendre que quelque chose de plus fort que tout les avait conduits là.

Cette volonté, qu'il avait portée comme un masque sur le visage, n'était pas à lui, ce n'était que l'expression d'un destin qu'ils subiraient l'un et l'autre et qu'il était chargé d'imposer.

Alors, coupant court à toutes réflexions, à tous remords, il saisit la jeune fille pétrifiée, la ploya sous son bras vigoureux, dévora sa bouche.

D'abord elle se défendit, mais ce ne fut que le réflexe de toute proie d'amour ignorante et conquise. Il l'étourdissa de son baiser glouton, la paralysait de son étreinte fermée sur elle comme un étau. Il était le plus fort, la maniait à son gré, sans quitter sa bouche pendant un rapide combat contre ses vêtements. Et la dernière résistance des jambes qu'il brutalisa presque avait été si courte, qu'en l'espace à peine de deux nouveaux baisers, lui écrasant les lèvres — ses quelques dessous fouillés rageusement, — il la prit, buvant ses cris, où se mêlaient des cheveux, de la sueur et des larmes, et l'étouffant enfin de tout son spasme.

Elle demeura rigide, mi-pâmée...

Comment quitta-t-il la chambre ? Lui-même n'en sut rien.

Le soir, Micheline ne descendit pas. Elle pleura de désespoir et de rage, et la tête enfoncée dans ses oreillers, elle répétait :

— Cela ? c'était donc cela !...

XXI

Micheline vivait maintenant comme on titube, comme on rêve, comme on délire. Elle se donna, l'âme saoule de mépris pour elle et pour lui. Et tous deux, avec la terreur du rappel de leur conscience, s'enlisaient dans la profondeur de leur passion.

— Vois-tu, disait Henri à Micheline, l'amour est une morphine : on meurt de ses piqûres et on meurt de l'absence de ses piqûres. Il vaut mieux mourir agréablement. Non, non, je ne veux plus lutter, je porte mon désir et mon désir me porte. Nous irons longtemps et loin. Je t'aime !...

Des jours passèrent. Enfin, une lettre de Mme de Lunel arriva, annonçant son retour pour le lendemain, avec des détails qu'ils ne lurent pas : la vue seule de l'écriture de sa mère torturant Micheline.

Marielle, très préoccupée par ses affaires : émancipation de sa fille, vente d'une maison, ne s'aperçut pas qu'elle était l'intruse. Elle ne remarqua pas la contrainte douloureuse de sa fille, l'impatience mal dissimulée de son mari dont la passion égoïste s'aiguisait, devenait féroce.

Un peu malade depuis quelque temps, elle attendait d'avoir terminé ses affaires pour aller à Vichy. Il lui venait parfois des étourdissements, sa santé n'inspirait aucune inquiétude grave, mais nécessitait des soins...

Un soir, elle annonça un nouveau départ, dès le lendemain, pour Constantine. Henri, qui avait vu sa femme très souffrante dans la journée, s'offrit à l'accompagner.

— Je crois plus prudent de faire le voyage avec vous, dit-il.

— Je vous remercie, mon ami, et j'accepte d'autant plus volontiers votre offre que vos conseils me seront très utiles. Je serai même fort désireuse d'avoir votre avis sur la vente de la maison restée indivise entre ma fille et moi. Laborde a la plus grande estime pour la façon nette et précise dont vous comprenez les affaires.

Cependant Micheline, déchirée de remords, voulant à tout prix, cette fois, mettre une barrière entre elle et son beau-père, parla de son départ. De mariage, il n'en pouvait plus être question pour elle; il lui inspirait maintenant une horreur irréductible. D'ailleurs, assez de déloyauté!

Se déclarant net blasée sur les charmes de la vie champêtre, elle prétendit prendre une gouvernante, voyager...

Lunel essaya de protester, elle s'emporta.

— Vous, c'est comme la belle nature, vous m'exaspérez...

Mme de Lunel, jusque-là si heureuse de l'intimité de son mari et de sa fille, fut stupéfaite. Ce nouveau caprice, cette impertinence dépassaient les bornes...

L'adorable créature sourit pour Henri, lui demanda pardon des duretés dont il était l'objet, et se tournant vers Micheline:

— Voyons, Linette, ce n'est pas sérieux?... Qu'as-tu contre Henri? Dis-lui au moins que tu regrettes tes paroles.

Mais Micheline, le front barré de résolution, jeta sur son beau-père un regard noir de haine, et sortit raide, mauvaise, sans un mot. Et Lunel, qui prévoyait cette crise, souffrit dans son être de chair jusqu'au sang.

— Mon pauvre ami, murmura Marielle atterrée, nous vous gâchons votre vie. Cette maison va vous devenir odieuse... J'étouffe! Allons un instant sur la terrasse, voulez-vous?

Elle marchait, profilant devant lui sa silhouette élégante, et cette physionomie si délicate qui, sous la blancheur de la lune s'affirmait encore, s'ivorait mélancolique et pâle. Elle eut un frisson.

Comme il lui jetait un manteau sur les épaules, elle s'abattit sur sa poitrine et pleura...

Tout ce qu'elle avait soutenu contre Jeanne Tessier pour écarter d'Henri tous les torts, elle se le traduisait tout haut en blâmant sa fille. Mais cette humiliation touchante, ce sacrifice spontané fait à son esprit de justice et aussi, sous l'inspiration des perpétuels remords dont son toujours [illegible], ces consciences trop scrupuleuses avaient des mots qui, [illegible] pût s'en douter, cinglaient Lunel.

— Moi qui me berçais de l'espoir que cette petite vous aimerait, Henri. Oh! pardon! pardon pour elle!... J'avais tant de plaisir à vous voir vous rapprocher l'un de l'autre, il semblait... et ce n'était qu'une illusion! Henri, ne m'en veuillez pas, je vous en supplie [illegible] au contraire pour qu'elle [illegible]

— Vraiment, Marielle, c'est fou de vous désoler pour une boutade de jeune fille. Je n'y songe même plus. Rentrez, je crains pour vous la fraîcheur de la nuit.

Il l'accompagna jusqu'au seuil de sa chambre et lui baisa la main avec toute sa grâce prenante.

— Bonsoir, et soyez sage!

XXII

Encore l'anniversaire de la mort de Dharville [illegible] revient certainement plusieurs fois par an, pensa Lunel et Marielle, après avoir discrètement fleuri la tombe de [illegible] enferma dans sa chambre pour prier et pleurer [illegible] remarquer la sympathie qui [illegible] Henri [illegible]

[...] salle d'exposition [...] Philippeville [...] pauvre femme qui [...] a demandé pardon [...] qu'il met tant d'ardeur [...]
cité.

S'étant enfermée chez elle, l'ancienne [...] dans que D'Herville avait rempli de croquis [...] avait esquissé [...] silhouette [...] son portrait [...] dessin, chaque date évoquait une joie. Elle [...] vit venir [...] nombreuses lettres débordantes de tendresse, délicieux redo [...]

[...] l'amour, [...] il bonne [...] De tout [...] quand [...] il ne rétablit [...] il pense [...] un peu de poil [...]

[...] Nous devions [...]

[...]

des philtres, se livrait elle-même à des incantations qui devaient faire périr le misérable. Oh! cette Micheline, presque son enfant aussi, il l'avait envoûtée... Sa Micheline, qu'elle eût voulu haïr et qu'elle aimait tant!

Son secret l'étouffait, cependant que le mal toujours croissant de Mme de Lunel la désespérait. Bien sûr, il avait jeté un sort sur toute la maison, le bougre! il avait pris l'argent, il avait pris l'honneur, il prenait le bonheur aussi!

Mais Marielle, sa petiote! La pauvre! Elle ne mangeait plus. C'était seulement son chagrin qui la nourrissait...

Un soir, comme sa maîtresse l'appelait pour lui demander une tasse de lait, Nanette courut elle-même à la vacherie, mais en passant près de la fenêtre, elle surprit un bruissement de paille, et une voix mal contenue qui disait : « Quelqu'un! »

— Encore eux?

La vieille, cette fois, ne put retenir sa colère, clama un juron, son poing brandi, sans doute prête à oublier enfin leur ignominie.

XXIII

Ils l'entendirent s'éloigner, galoches claquant sur la pierre.

La jeune fille, tremblante, murmura :

— Henri, nous sommes perdus!

Ils étaient hantés par la même idée du suicide. Micheline dit résolument :

— Maman va tout savoir. Il vaut mieux mourir.

Lui ne répondit pas, mais après quelques instants de réflexion, sa figure se rasséréna.

— Rassure-toi, Nanette se taira. Si elle avait dû parler, ce serait fait. Il y a longtemps qu'elle sait tout.

Micheline se dressa, blême.

— Misérable !

Il la regarda, la vit plus belle dans sa colère, et son désir, devenu un appétit féroce, il répliqua :

— Tu m'aimeras toujours je le veux!

XXIV

Lunel était allé donner un coup d'œil aux écuries; Micheline traversait la salle à manger. Nanette lui dit, en détournant la tête, comme si son regard eût dû la souffleter :

— Votre mère est plus souffrante. Si vous montiez prendre de ses nouvelles.

Mme de Lunel avait des troubles cardiaques, de la fièvre, de l'oppression. Micheline, l'âme en charpie, la trouva étendue sur un fauteuil.

— Depuis quelque temps, ça va plus mal, dit-elle en essayant un faible sourire, quelle patraque je fais! Je voudrais tant partir avec toi pour Vichy, dans une huitaine de jours, puisque maintenant ces vilaines affaires sont terminées. Mais aurai-je assez de force pour entreprendre ce grand voyage?

Un jour clair inondait la malade.

« Grand Dieu! pensa Micheline, comme elle a changé! »

Mme de Lunel avait le teint plombé, la physionomie amaigrie des pauvres êtres que brûle la fièvre.

— C'est une vraie congestion du foie. Tiens, ici, mon enfant, c'est douloureux à la pression.

— Arrosez ! le docteur...

— Mon Dieu ! encore des médecins... lancer quant à l'efficacité de leur remède... faible.

Le docteur Abel, ancien médecin de marine... ionisation, partageait ses loisirs entre la photographie et la chasse. C'était d'ailleurs un ami de Lunel et il... souvent à la ferme. Depuis longtemps il conseillait... pour Vichy, s'étonnant même que... avis fussent... mal écoutés. Il accourut auprès de Mme de Lunel, selon son ordinaire médical, l'interrogea avec soin, écrivit sur son... toutes sortes de choses barbares, et tout en bas de la... en gros caractères souligna : « Départ pour Vichy,... chaine prochaine ». Puis, sans dire un mot précis sur... de la malade, il prit son chapeau et sortit, prétextant un... chement à...

— Eh bien ? dit Lunel dès qu'ils furent seuls.

— Cirrhose hypertrophique ? Nous en sommes encore à... période insidieuse, tâchons d'éviter l'ictère grave.

— Vraiment ? vous êtes inquiet ?

Le docteur expliqua...

— Oh! la vilaine bête qui m'a volé mon coin de prédilection! fit Lunel en se penchant sur la nuque de Micheline.

Il se jeta sur la petite rougeur, l'embrassa avec frénésie...

Prise de vertige avec la sensation physique d'un trou béant sous ses pieds, la pauvre malade n'eut pas le temps de voir le mouvement violent par lequel Micheline se dégageait. Comme agitées en de larges ondes, les perspectives des choses environnantes chavirèrent dans le vide. Elle eut un instant de complète hébétude, puis, peu à peu, lentement, tout se réédifia, reprit sa place accoutumée... Mais le paysage avait un autre aspect.

Elle ne pleura point, stupéfiée d'horreur. Elle demeura, la pensée absente, le regard atone, hochant la tête comme un vieillard. De longues minutes s'écoulèrent. Où aller maintenant? Un appel de sanglots, sans larmes, tortura sa poitrine. L'image de Nanette passa devant ses yeux.

— Ah! oui, elle, je n'ai plus qu'elle!

Et d'un pas automatique, elle reprit le chemin de la ferme. Sur le seuil, elle rencontra la vieille femme qui lui offrit son bras.

— Eh bien, petiote, comment vas-tu? Cette promenade t'a fait du bien?

— Merci, je vais mieux, beaucoup mieux.

Elle monta dans sa chambre, dit à sa nourrice :

— Embrasse-moi... Maintenant laisse-moi seule, je crois que je vais dormir.

Nanette avait à peine refermé la porte qu'un nouveau vertige prit la pauvre femme. La fièvre lui battait les tempes, et elle était si faible, si écroulée moralement, physiquement, que pendant plus d'une heure, elle souffrit dans une sorte de délire vague, où le fait brutal de tout à l'heure s'imposait seul. Sa fille était la maîtresse de son mari! Depuis combien de temps? Depuis des mois peut-être...

Aussi, pourquoi s'était-elle remariée? On ne trahit pas les morts, elle se devait tout entière à ce premier époux auprès de la tombe duquel elle avait pourtant installé un remplaçant, elle se devait toute entière à l'enfant qui portait le nom de l'initiateur de sa chair et de son cœur, à sa fille.

L'accès devint aigu, ses mains se tordirent, elle mordit l'oreiller. N'avait-elle pas toujours été bonne et prompte au sacrifice?

Alors, comme une pauvre bête traquée sans pitié par une main féroce, elle gémissait sans haine, anéantie.

— Me plaindre? Inutile... Que faire?... Ma santé ne me permet même plus un acte de volonté.

Avec sa naïveté angélique, elle se dit :

— Pourquoi Micheline ne l'a-t-elle pas demandé pour mari autrefois? C'eût été si simple, de si grand cœur je lui aurais sacrifié cette folle sympathie. Mais à quoi bon récriminer, il est trop tard!..

Elle revit Micheline enfant, son baby, la chère petite créature, la fille de l'autre, et elle la pleura comme une morte.

Tout à coup, elle se sentit seule, seule!.. Jésus aussi était seul au Jardin des Oliviers!

Elle s'exaltait. La fièvre exaspérait sa douleur et ainsi qu'il arrive dans les grandes crises morales, sa vie tout entière se déroula: son enfance joyeuse, la tendresse enveloppante de son père, vieil officier, qui l'avait élevée et jouait au cerceau avec elle dans les grandes allées d'un parc. Ensuite la paix blanche du Sacré-Cœur, puis les deuils, maintenant plus rien; après l'angoisse des déclins, la fin de tout dans l'abîme voilé de mystères et d'effroi.

Une grande faiblesse avait succédé à la fièvre. Cette agonie finissait par se résoudre en un abattement morne.

— Que votre volonté soit faite, Seigneur!...

Sommeil atroce, peuplé de cauchemars. Henri et Micheline s'étreignaient devant elle. Son lit s'effondrait, plongeait en des pro.ondeurs effrayantes, en des régions inconnues, hantées d'êtres étranges à visages de larves, et, traversant de espaces sinistres, Fanchou passait, écumante, portant en croupe l'ami d'autrefois, le trahi, livide, abandonné.

Quand Marielle se réveilla, avant même d'avoir repris conscience de son moi, elle était si faible que la pensée de sa fin prochaine lui vint à l'esprit : Mourir!...

Comme un mauvais rêve, le passé s'efface au seuil de la mort.

XXV

— Une lettre de Pontal, vérifiait Henri de Lunel, en maniant une enveloppe qu'il venait de recevoir.

Il le lirait d'abord, son vieux Pontal. Bonne diversion dans ses tracas et sur laquelle il ne comptait guère. La matinée lui en parut d'autant plus radieuse. C'était l'heure où l'on respire l'éveil des plantes, la grâce des choses.

L'enveloppe fut vite ouverte.

Dès les premiers mots, il se rejeta en arrière, étouffant une exclamation.

Oh! il n'y en avait pas long!

« MON VIEIL HENRI,

« L'homme seul en a décidément trop d'être seul et pour toutes sortes de raisons qu'il me serait maintenant bien inutile de dire, il te quitte. Ce sera là toute ma faiblesse, je crois, de t'avoir écrit pour t'annoncer ma résolution. Je me tue. Garde à mon souvenir un peu de ton ancienne amitié. Avant un petit quart d'heure ce sera fini.

« Adieu pour toujours. Je pense à notre enfance, à mille choses lointaines, à nos deux existences qui se sont si souvent confondues; mais je ne veux pas m'attendrir, adieu!

« Je t'aimais bien, tu sais!   « PONTAL. »

Quatre ou cinq fois, Lunel relut la lettre, après quoi il la plia, la mit dans la poche de son veston, mais pour l'en retirer aussitôt et la lire encore.

Il allait monter voir Marielle, dont l'état pouvait s'aggraver. La lettre le gênait sur lui; Henri l'alla serrer dans son cabinet de travail où il la cacha parmi des papiers. Car il éprouvait, en effet, le besoin de se la cacher à lui-même.

— Ce n'est pas possible, marmottait-il, la vue brouillée, la démarche incertaine. Ce n'est pas possible! mon pauvre ami! comme il était gentil et bon! si délicieusement bon!

Energiquement, il refoula son émotion. Ce drame faisait partie d'un autre cortège d'heures qui avaient été siennes et avec lesquelles celles d'ici n'avaient rien de commun. Et puis sa femme qui aimait Pontal pour sa délicatesse, son esprit si fin et distingué, était très affaiblie, facile à impressionner.

Quand il entra chez elle, plus rien ne trahissait la violence qu'il venait de se faire. Même cet effort, sous le coup reçu à l'instant, lui avait servi à prendre toutes les apparences d'une complète maîtrise de soi.

— Eh bien, Marielle? Comment allez-vous, ce matin? Avez-vous dormi?

Elle regarda son mari avec surprise, comme si, depuis la veille, il était devenu un autre homme. Cependant sa voix n'était pas changée. Il avait toujours son même regard affectueux. Elle ne lui tendit pas la main, et, sans répondre, le fixa avec ces yeux qu'ont les blessés et les enfants quand ils souffrent.

Micheline vint à son tour; et, tandis qu'elle l'embrassait, la malade la fixait aussi avec ces mêmes yeux bleus étonnés; sa fille savait mentir. Etait-ce bien vrai, ce qu'elle avait vu?

On discuta. Micheline déclarait qu'il fallait prendre une résolution rapide, partir coûte que coûte, et, s'il était nécessaire, on se ferait accompagner par le docteur Abel.

Mme de Lunel écoutait, les fixant toujours de ces mêmes yeux étonnés, sans un mot, avec cette énergie des moribonds qui ont un secret.

Micheline se tourna vers Henri, impérieuse :

— Laissez-nous seules!

Elle se pencha sur le lit, prit les mains de la malade :

— Maman, maman, qu'as-tu? Tu es plus mal, parle-moi, maman?

Ce mot trembla au fond du cœur de Marielle : maman! Elle posa ses longues mains vacillantes sur la tête de sa fille, puis, se tournant doucement du côté du mur, pria pour son enfant.

Au bas de l'escalier, Lunel rencontra le curé d'El-Arrouch, habitué de la ferme, et qui depuis l'aggravation de l'état de Mme de Lunel, venait presque chaque jour s'informer de sa santé.

— Madame la comtesse a-t-elle passé une meilleure nuit? dit, sur le ton de la confidence, baissant la voix :

— Prenez garde! le docteur m'a dit que c'était grave.

Et comme Lunel devenait très pâle :

— Je ne pense pas qu'il y ait un danger immédiat. Mais il paraît qu'elle est très atteinte... Pourrais-je avoir l'honneur de lui présenter mes hommages?

Nanette, aux écoutes, ouvrit la porte de la chambre :

— C'est M. le curé qui vient te voir!

Il s'inclina profondément, car au séminaire on lui avait appris combien, pour un prêtre, il importe d'être poli. Il fut frappé du changement survenu depuis sa dernière visite : le visage était creusé, la peau tendue, deux plis profonds s'accusaient aux coins de la bouche. Les yeux seuls, des yeux immenses, allumés de fièvre, éclairaient le visage.

— Allons, je vois que vous allez mieux, vous serez bientôt convalescente.

— Oh! oui! dit-elle, mais asseyez-vous, je vous prie.

Le curé prit un fauteuil dans lequel il n'osa s'enfoncer.

— Vous aurez beau temps pour aller à Vichy, dit-il en tournant son chapeau dans ses mains.

Ensuite il s'épongea le front toujours en nage. Très haut en couleur, il avait une bonne figure joviale et franche, seul le front était extraordinairement têtu.

— Voulez-vous me confesser? dit Mme de Lunel.

Le curé devint encore plus rouge. Et, débarrassé d'un grand poids, il dit sans réfléchir :

— Mon Dieu Madame, rien ne pressait encore...

— Demain vous me porterez le Saint-Viatique, n'est-ce...

Assise sur son lit, le curé arrangea lui-même les oreillers derrière le dos.

Quand elle eut fini de parler, le prêtre, troublé, dit avec des larmes dans la voix :

— Le bon Dieu vous aime, mon enfant; il vous fait venir à lui par les voies douloureuses. *Fiat voluntas tua, Domine.* Demain, je vous porterai le Sacrement. Au revoir, Madame la comtesse, priez pour nous.

Très ému, il regagna son presbytère à travers les champs. En même temps il fut rejoint bientôt par Lunel et Micheline se rendant à El-Arrouch pour causer avec le médecin.

— Votre visite lui aura certainement fait du bien, mon... le curé, commença la jeune fille.

— Madame votre mère a beaucoup de courage.

— Il faut beaucoup de courage, dit Lunel.

— La grâce du bon Dieu, monsieur le comte...

— Notre destinée n'est pas en nos mains, prononça le prêtre.
— Pourvu qu'elle supporte le voyage !
La banalité des propos, au lieu de soulager ou de rassurer, ne fit que contraindre et peser davantage à mesure que l'on allait ainsi le long de ces vagues fleuries. On parla de la malade avec des ménagements et des faussetés, dont chacun sentait la cruelle signification. Néanmoins Lunel et sa belle-fille n'entrevoyaient pas encore toute la vérité.

Mais je suis seul !... (page 60).

Lorsqu'on se fut séparé, Henri s'empressa de mettre sur le compte du prêtre le malaise qui les oppressait.
— Ce pauvre curé, fit-il. Brave homme, mais terriblement borné !
Micheline marcha plus vite et ne dit mot, l'esprit tout absorbé par la prochaine consultation du docteur. Que trouverait-il ? Qu'imaginerait-il pour le salut de cette mère chérie ?
« Mère chérie ! »
Elle n'avait plus le droit de l'appeler ainsi, même au fond de sa pensée.

Et elle marcha encore. Plus vite, malgré le soleil, malgré l'air qui bouillait.

Dans la chambre des Zardezas, leur absence n'avait amené aucune réclamation, aucune plainte sur les lèvres de Marielle. Elle semblait s'être retirée derrière la patience éternelle d'un rêve commençant déjà...

— Dis-moi, as-tu fixé ton départ? fit Nanette qui offrait une tisane à la malade.

— Oh! merci! J'avais très soif.

En portant la tasse à ses lèvres, Mme de Lunel tremblait si fort que tout le liquide s'épandit sur le lit.

— Vois, nounou, vois, je suis sans force!

— Ah! mon Dieu! pourquoi n'es-tu pas partie plus tôt pour Vichy?

Il y eut un silence d'effroi. Peut-être le cri du cœur de la vieille bonne avait-il rompu la patience du rêve qui commençait: pour la première fois le gouffre de la mort passa entre les deux femmes.

Nanette qui avait ouvert un placard, faisait semblant d'y ranger du linge pour cacher son visage en larmes. Elle y demeura assez longtemps, mais Marielle avait deviné le pieux subterfuge.

— Approche, nounou, c'est à peine si je peux parler. Tu m'entends, dis?... Mon mari et Micheline, où sont-ils?

— À El-Arrouch, pour parler de ton départ avec le docteur Abel.

— Écoute-moi bien, ma nounou... Si... je n'étais plus là quand ils reviendront...

Nanette, affolée, avait pris sa pelote dans ses bras.

— Mais je ne veux pas que tu meures, je ne veux pas...

Nounou, embrasse...

Nanette courut chercher un flacon d'éther. Dans l'affolement envahissant de sa douleur, elle mit quelque temps à le trouver. Ses doigts entrechoquaient des fioles avec un bruit de castagnettes sur la toilette de marbre. Elle déboucha le flacon, mais aucun muscle de la moribonde ne tressaillit. Ses mains seules s'égaraient sur les draps, allant et venant, d'un mouvement chercheur, rapide et affolé.

— Ce n'est rien, ce n'est rien... murmura la nourrice. Tu as une faiblesse, voilà tout...

Vainement les vapeurs d'éther s'exhalaient du flacon, rien ne se modifiait dans l'effondrement de ce corps sans connaissance; et des minutes s'écoulèrent.

Appeler? À quoi bon appeler? Qui appeler?

Tout à coup un changement subit s'opéra. Le visage avait vêtu le masque de l'effroi suprême. La mâchoire se tordait avec des tâchements affreux, des craquements sinistres. Nanette soutenait la tête déclanchée. Le nez se pinça, les yeux louchèrent.

C'était fini.

Comme si elle avait oublié, presque aussitôt après que c'eût fini, la nourrice garda encore sa « pelote » dans ses bras, la regardant, la dévorant d'un regard avide qui ne la voyait peut-être pas.

Un siècle s'écoula; le beau jour torride semblait insensible. En bas, dans la maison, rien ne remuait; cependant, quelques instants plus tard, des pas sonnèrent sur la ..., puis dans le vestibule.

... et Micheline, qui rentraient, entendirent ...

Voilà comme tout s'en ...
... petit tambourin ...
Voilà comme tout se fait.

[illegible] accompagne [illegible]

— [illegible] Un petit tour... et puis [illegible]

La pauvre vieille était folle!

Micheline, le cœur tordu, claquant des dents, [illegible] yeux de sa mère.

XXVI

Un œil s'était rouvert. Oh! cet œil effaré, dur, qui gardait l'immobilité de la prunelle vitreuse, l'horreur de la dernière angoisse, la terrifiante peur du « spectre ».

Mais comme Lunel approchait, Nanette, redevenue lucide, se dressa subitement d'une secousse, étendit les bras :

— Vous ne l'aurez plus!

Lunel sortit, l'échine ployée. Micheline n'avait pas relevé la tête.

Déjà la nouvelle de la mort s'était répandue, la ferme s'emplissait de monde. Le curé et le docteur, accourus les premiers, voulurent bien se charger de toutes les pieuses formalités. Les religieuses d'El-Arrouch vinrent veiller la morte, dont Nanette, les yeux secs, avait fait la toilette funèbre. Pour la garantir des mouches, elle l'avait enveloppée d'une moustiquaire. Maintenant, sous les mailles transparentes, aux vacillantes lueurs des cierges, l'expression du visage s'accentuait de plus en plus douloureuse. On le reconnaissait à peine; on eût dit une très vieille femme.

Une odeur de fleurs fanées et d'acide phénique flottait dans la maison, où régnait l'activité navrante des jours de mort.

Il fallait se presser à cause de la chaleur. L'enterrement aurait lieu le lendemain. Bientôt, cependant, les traits de la douce trépassée se détendirent et une paix fugitive éclaira son front.

Henri et Micheline n'osaient se regarder. Ils ne se consultèrent que pour ordonner une distribution d'aumônes aux Arabes pauvres. Cependant l'horrible oppression sous laquelle étouffait Micheline, éclata :

— Maman! maman! gémit-elle en baisant les mains [illegible] et dures comme de la pierre... Pardonne-moi.

Par les baies largement ouvertes sur le paysage africain, on voyait mourir le jour. Dans la chambre silencieuse [illegible] des phalènes qui voletaient, se brûlèrent à [illegible] des cierges...

Enfin, l'épouvantable besogne s'accomplit... Micheline [illegible] l'aide des [illegible] tendus sur la bière.

Le lendemain, on transporta le corps à l'église d'El-Arrouch sur le grand break drapé de noir. Les invités [illegible] de Philippeville, de Constantine [illegible] ches, la nef fut pleine.

XXVII

Durant cette journée et la nuit qui suivit, Micheline demeura en proie à d'horribles crises [illegible] son beau-père ne put savoir ce qu'elle devenait [illegible] matin du second jour [illegible] de la recevoir.

Elle [illegible]

Il offrit alors, au lieu de s'éloigner, de la laisser seule [illegible] au moins pendant les premiers jours de deuil.

Elle répondit :

— Quels que soient vos projets, vous n'avez pas à les rendre solidaires des miens, arrêtés du reste de façon absolue. Je pars dans une heure. Vous recevrez de mes nouvelles chez votre mère. Courage ! Adieu !...

— Adieu !...

Ce mot tomba comme une pierre sur le cœur du malheureux. Il demeura inerte... hébété...

Une heure après, un claquement de portière le fit sursauter...

Micheline était partie...

Il courut à la terrasse, se pencha, écoutant s'éloigner le galop des chevaux. Une dernière fois, il distingua, comme un point noir, la capote baissée du phaéton, puis, la route faisant [illegible] au pont de l'oued M'ssouna, tout disparut. Il prit son front à deux mains, le secoua, tel un fauve qui a reçu du plomb dans la tête...

. . . .

Dans les grands appartements déserts, Henri se surprit à monter les escaliers doucement, comme s'il eût craint de troubler le repos de la malade, puis il sourit amèrement :

— Mais je suis seul ! Elle n'est plus là et l'autre a fui...

Aucun héritier cupide n'était venu disputer les dépouilles de la morte. Sur la cheminée, il retrouva la petite montre de Marielle. Les vêtements suspendus dans la chambre fleuraient discrètement l'iris et gardaient encore les formes de celle qui les avait portés, et la magie des objets familiers disait :

— Elles sont là tout près. Elles vont venir...

[illegible] comme une âme en peine, il descendit au salon [illegible] lui, sur le guéridon, il reconnut un peloton de soie rose resté là par hasard, et ce petit peloton de soie, dont on avait à peine usé la moitié, on ne s'en servirait plus. Il protestait à sa façon contre les destinées. De même le grand fauteuil, le piano, les partitions, aussi les [illegible]. Mais de toutes ces choses à ironique posture d'attente, une [illegible] semblait s'élever, murmurant le même mot : « Jamais ! » [illegible] dit tout haut : « Jamais ! » et avec la nuit, le mystère de la mort grandissait, emplissait la solitude de la pièce qui, insensiblement, se noyait d'ombres.

« Jamais ! » Pourquoi jamais ? Qu'en savait-il ? Et pourquoi [illegible] inexplicable frisson, cette prescience que tout ce qui existe [illegible] chose que la petite apparence sur laquelle il avait [illegible] entendre pleurer à côté de lui. Un mouvement d'effroi crispa ses lèvres. L'histoire de son mariage se déroula devant lui tellement autre qu'il pleura follement sa méprise : comment n'avait-il pas vu qu'elle l'aimait, que tout leur bonheur ne dépendait que de lui ? Comment n'avait-il pas tenu compte de toutes ses qualités et de tout son charme ? Quelle lâcheté des sens l'avait fait se détacher d'elle presque aussitôt après s'en être épris ?

Pour la première fois, le veuf comprit combien elle était gracieuse et bonne, celle qu'il avait trahie. Enfin, ses yeux se dessillaient dans leurs larmes. Et voici qu'il se mit à la regretter...

Ses attitudes, ses gestes, le timbre de sa voix, ses parfums, toutes les sensations, les impressions qu'elle avait provoquées [illegible] en lui avec une acuité [illegible].

[illegible] plus jaloux du souvenir qu'elle avait [illegible]

[illegible]

Pauvre chère qui préféra mourir...

Lunel connut alors les désespoirs que rien n'apaise. Il avait violé la fille de sa femme, presque... et elle était morte. Elle est morte. Il répétait :

— C'est moi qui l'ai tuée !

Une pluie d'orage battit les vitres. De grosses gouttelettes tombèrent comme des larmes. Des meubles craquèrent. Il faisait nuit close, et voici que dans l'obscurité il crut voir, au-delà de la morte, avec encore dans l'immobilité de la prunelle, tout l'effroi du suprême adieu.

Mais après cette échappée de douleurs et de remords, l'image de la maîtresse triomphante l'emplit. Malgré tout, il l'adorait. Se passer d'elle ? Mais cela lui était impossible ! encore bien plus après qu'avant.

Il s'affola, courut s'enfermer dans sa chambre, alluma toutes les bougies des candélabres, se souvenant d'avoir illuminé ainsi dans les nuits d'ivresse et de crime. Torturé de nostalgie, haletant d'amour, il se jeta sur son lit, étouffant l'appel de sa chair :

— Micheline ! Micheline !

XXVIII

À Riom, dans la grande chambre de sa mère, Lunel, assis devant la cheminée, rêvait.

Sa douleur était moins folle, réfugiée sous la sainte tendresse maternelle. Cette femme au cœur si droit, si vraiment noble, était devenue complètement infirme. Brisée et comme coupée en deux dans son fauteuil, elle semblait maintenant plus ramassée, plus déformée, plus écrasée encore que naguère; on eût dit que tous les chagrins de son fils pesaient sur elle.

— La mort n'est pas ce que tu crois, mon pauvre enfant ; elle n'est pas un accident, mais une loi, et la vie n'est qu'une dure épreuve.

« Ne cherche pas à t'étourdir, je n'essaierai pas non plus de te consoler, je te dirai seulement : réfugie-toi et prie.

Sous le globe de la pendule d'albâtre, un tic-tac léger, perpétuel, infatigable, rythmait à présent les mauvais jours comme autrefois les jours heureux. Le vent, en l'écoutant, songeait qu'il l'avait entendu des Zardézas, tandis qu'alors tout sombrait pour lui dans la fatalité de la passion et de la mort.

La tristesse du vieil hôtel, insupportable jadis à l'homme mondain et qui lui causait un malaise presque physique, s'harmonisait aujourd'hui avec ses pensées. En cette atmosphère honnête et calme, il n'avait aucune de ces distractions passagères, plutôt malsaines quand on souffre parce qu'elles rendent encore plus aigu le sentiment de notre détresse.

Henri demeurait des heures entières près de sa mère, et quand la conversation tombait pour distraire la pauvre femme, il lui faisait de longues lectures pieuses, puisées parmi les œuvres de la mystique chrétienne.

Depuis quelques jours, étonné et inquiet du silence de Micheline, il guettait, anxieux, l'arrivée du facteur. Elle était à Paris chez une parente, sans doute, par chez les Teissier, ou non ! cela, il en était sûr. Pourquoi ne lui avait-elle pas écrit, selon sa promesse ? Torturé, il n'osait pourtant rompre ce silence; lui, coupable, ne devait-il pas respecter la réserve de la jeune fille ?

À bout de patience, il voulut au moins connaître son adresse, et prétextant une demande de renseignements relatifs à la succession, pour lesquels l'avis de Mlle Dherville était nécessaire, il s'adressa au notaire de Constantine.

XXIX

Maintenant, presque tous les soirs, à la nuit tombante, dans un besoin d'activité physique, il sortait, essayant de gagner la campagne sans rencontres, mais comment éviter tout à fait les fâcheux ? Il lui fallait subir les éternelles rengaines de circonstances :

— Vous êtes jeune, il faudra refaire votre vie, vous ne pouvez pas rester seul, vous avez l'habitude d'un intérieur, etc...

Les jours s'écoulaient. Il n'avait plus qu'une pensée tournant à la hantise : une lettre de Micheline. Le notaire n'avait pas répondu... Lunel, fiévreux, sombre, ne parlait plus, il en vint à la croire morte.

— Moins lâche que moi, elle n'aura pu vivre avec ses remords. Quand je le saurai, je me tuerai !

Alors, il écrivit de tous côtés, n'obtint que des indications vagues et fit part de ses inquiétudes à sa mère.

— Bah ! quelque lettre perdue !

Il n'osa insister dans la crainte de se trahir. Le pire des supplices : l'incertitude, le martyrisa.

Un soir, comme il entrait chez sa mère, Mme de Lunel lui dit en souriant :

— Voici des nouvelles : une lettre de Mlle Dherville. Je te disais bien que tu avais tort de te tourmenter.

En effet, sur l'enveloppe qui portait son adresse, il reconnut aussitôt l'écriture de Micheline.

— Mais cette lettre n'est pas affranchie, qui l'a remise ?

— Ouvre, tu verras.

Il courut dans sa chambre, voulant cacher à sa mère le tremblement de ses doigts.

Sur la page blanche, encadrée de noir, il dévora des yeux :

« Je suis au couvent de la Visitation. Adieu et pour toujours, mon pauvre ami ; je consacre ma vie à expier. Priez pour elle et pour nous.

« Sœur Sainte-Christiane. »

Ses jambes flageolèrent. Tout était fini...

Au bout d'une heure, Mme de Lunel gratta à la porte. Elle fut frappée du ravage de cette face convulsée.

— Qu'as-tu ?

— Une abominable névralgie !

Mais il ne put y tenir, interrogea :

— Comment est venue cette lettre ?

— Par la tourière de la Visitation. Mlle Dherville est entrée au couvent dès son retour en France.

— Il faut que je lui parle, il le faut à tout prix. Je sais qu'à travers les grilles on peut causer avec une permission de la supérieure.

— A quoi bon, mon enfant ?... Je crois comprendre d'après la façon dont Micheline s'y est prise qu'elle veut s'isoler entièrement du monde, de toi peut-être plus que de tout autre ; sa volonté de ne pas te revoir s'indique suffisamment par son long silence. Elle pense peut-être que tu n'as pas rendu sa mère heureuse.

C'était le dernier coup. Mme de Lunel partie, il se cacha la tête dans ses mains et longtemps sanglota.

Puis les nerfs crispés, il fuma des cigarettes, monologua à haute voix, tandis que traîtreusement une douleur aiguë le mordait au cœur et le remordait.

XXX

La petite porte de l'octroi près de la... murée... était fermée. Il revint, passa par la porte du faubourg de la Bade, toujours ouverte. Aussitôt, le clocher de l'église jeta sa flèche pointue dans les nuages blafards.

Micheline était là, derrière ces pierres; un très petit espace, l'épaisseur d'un mur le séparait d'elle, et, ce mur, il le longeait, il le frôlait, il le tâtait avec des mains de rage. Oh ! le démolir ! Il tourna à gauche, puis à gauche encore, arriva devant la chapelle du petit cimetière clôturé d'un autre mur noir, gigantesque.

Au dedans de lui, une voix criait : Micheline ! Michel no ! Et de ses yeux fous il fixait le sommet du mur, espérant qu'elle viendrait peut-être lui jeter un suprême adieu.

Le lendemain soir, il y alla et plusieurs soirs de suite encore. Car, à la vérité, plus il y retournait, plus s'ancrait en lui la folie de cette espérance : Micheline se levant la nuit, dans sa cellule, descendant au jardin, allant à ce mur et se penchant par-dessus pour essayer de l'entrevoir...

Chaque nuit, maintenant, il quittait l'hôtel de la rue Jean-de-Berry furtivement et se hâtait vers ce mur ainsi qu'à un rendez-vous.

Cette fois-ci il était resté là plus longtemps que de coutume, incapable de se détacher de cette paroi de pierres.

Une hallucination le terrifia : ce mur se dressait plus haut, jusqu'à s'enfoncer dans les nuages, jusqu'à toucher le ciel. Si haut, si haut, qu'en rejetant la tête en arrière, Henri arrivait à peine à le suivre du regard. Il augmentait, il grandissait toujours, haineux et jaloux, plus noir, plus sinistre, d'une hostilité séculaire, devenait plus formidable en approchant les nuées. Un instant il crut voir flotter une blancheur de fantôme; non, c'était un pâle reflet de lune accroché là par hasard.

Le mur était toujours devant lui, mais tranquille, indifférent. Il le contempla sans colère et pleura.

— Mariette, Micheline ! mes chères mortes ! Clôture du couvent, pierre tombale, toujours des murs. Mais il est partout le mur : là, sur mon front qui rend ma pensée prisonnière et limite l'effort de mon cerveau; là, sur mon cœur, mon pauvre cœur gonflé de désirs et prisonnier lui aussi...

Il étendit le bras dans le vide comme font les aveugles et répéta :

— Il est partout le mur, l'invisible mur !...

Il descendit quelque cinquante pas jusqu'à Planche-Paillou où court un un ruisseau et se lava la tête; il avait les cheveux et la barbe souillés. Les larmes, le sang et le désespoir lui avaient fait un visage d'assassin.

Mais voici que, par blanches envolées, la cloche du couvent sonna matines, et les sons, bêns comme venus d'une patrie lointaine, lentement s'égrenèrent dans le silence.

Lunel tressaillit ; chaque vibration secouait ses nerfs attentifs. Aucune voix humaine ne l'avait ému ainsi.

— Heureux ceux qui croient ! heureux ceux qui espèrent ! heureux ceux qui pleurent ! disait la cloche.

Et quand elle eut expiré sa dernière note, comme un encensoir exhale un dernier parfum, Lunel, brisé, murmura :

— Adieu, Micheline, adieu !

Soudain, de la ferme voisine, un coq se mit à claironner; des autres fermes isolées, d'autres coqs répondirent à l'appel final, et ce fut bientôt une succession de cris joyeux, de cris insolents.

Dans l'aube blanchissante, des rayons de soleil surgirent...

à coup, posant çà et là des légers glacis de couleur sur les grisailles peu à peu effacées.

Dans les saules bordant le ruisseau, une mésange commençait sa chanson.

Lunel se sentit glacé, il eut un frisson. Devant lui, dans l'herbe humide, des sauterelles partait par petits bonds. Un bourdon taquin lui frôla le visage.

Remarquant tout à coup le désordre de sa tenue, il se reprit, songea qu'il fallait rentrer, qu'il fallait vivre. Vivre, quelle ironie !

Et comme il venait par le faubourg de la Bade, les boutiques commençait à s'ouvrir, les persiennes claquaient, les laitières du Moulin-d'Eau, les brayaudes de Saint-Bonnet arrivaient à la ville par rustiques théories, le panier sur la tête, les mains libres tricotant des bas.

Rue de l'Hôtel-de-Ville, Lunel, un instant s'arrêta puérilement à regarder le père Gounaut coiffé de son madras rouge et qui, par ce joli matin clair arrosait les lauriers-roses sur son balcon.

FIN

Paraîtra prochainement :

FINE

par

Georges BEAUME

Imprimerie de la Bourse de Commerce (E. BUREAU), 35, rue J.-J.-Rousseau, Paris